DRAMES

A L'USAGE

DES COLLÈGES

ET DES PENSIONNATS

LILLE.

L. LEFORT, ÉDITEUR.

DRAMES

Eh bien ! Ernest je te pardonne.

Page 66.

DRAMES

A L'USAGE

DES COLLÉGES ET DES PENSIONNATS

Quatrième édition.

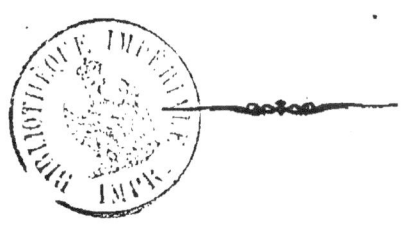

LILLE

L. LEFORT, IMPRIMEUR - LIBRAIRE

M D CCC LXI

JEAN

ou

L'ORPHELIN RECONNAISSANT

PERSONNAGES :

PIERRE, vieillard octogénaire.

JEAN, orphelin.

M. DE VERNEUIL,

CHRISTOPHE, voisin de Pierre.

❖

La scène se passe dans une pauvre chaumière.

❖

JEAN

OU L'ORPHELIN RECONNAISSANT

SCÈNE I

PIERRE, CHRISTOPHE.

CHRISTOPHE.

Eh, bon jour, voisin, comment ça va-t-il aujourd'hui? vos douleurs sont-elles un peu calmées? avez-vous un peu reposé cette nuit?

PIERRE.

Oh! ça va mieux; merci, voisin; grâce aux soins de ce pauvre petit Jean, j'avance vers ma guérison et...

CHRISTOPHE.

Où est-il allé si matin? Ah! dame, ça court les

champs comme un oiseau sorti de sa cage ; ça
aime à jouer.

PIERRE.

Lui jouer ! vous le connaissez bien peu, voisin,
en supposant qu'il court pour son plaisir. A douze
ans, Jean n'est plus un enfant ; le malheur et la
reconnaissance en ont fait un homme. Oh ! c'est
bien beau et bien attendrissant, allez, que de le
voir là, le jour et une partie des nuits, me prodi-
guant ses soins affectueux, et puis de ces douces
paroles, comme en ont les anges, pour faire reprendre à l'espoir les pauvres âmes souffrantes.
Oh ! tenez, voisin, je bénis l'instant où ma charité
m'inspira la bonne action de recueillir ce pauvre
enfant, qui venait de perdre sa mère, le seul appui
qu'il eût assurément dans ce monde. On le dit,
voisin, depuis bien longtemps, et moi je l'é-
prouve, un bienfait n'est jamais perdu !

CHRISTOPHE.

J'ai su que vous vous étiez chargé, quoique
pauvre, vieux et infirme, de cet enfant, mais je
n'ai jamais connu les détails de cette triste histoire ; contez-moi ça, voisin.

PIERRE.

Il y a neuf ans environ, une dame jeune encore, mais déjà fort malade, vint louer une chambre

dans la petite auberge en face de ma chaumière ;
Jean avait alors trois ans. On ne savait qui elle
était, ni d'où elle venait ; elle parlait fort peu et
priait constamment ; tout son plaisir était de ca-
resser son petit garçon ; et bien souvent, moi , son
voisin, je la vis pleurer sur le visage de l'enfant,
qu'elle aimait comme toutes les mères aiment leurs
enfants. Un jour, ah ! tenez, je ne puis y songer
sans me sentir tout ému, la pauvre chère dame
était aux prises avec une attaque d'apoplexie ; elle
avait déjà perdu connaissance, lorsque l'hôtesse
de l'auberge vint m'appeler. Jean poussait des sanglots autour de son lit, et criait : « Maman , maman, je veux maman. » Hélas ! le pauvre ignorant
de la vie connaissait encore moins la mort, mais
l'aspect de sa mère immobile lui faisait pressentir
un grand malheur. Quel tableau déchirant ! J'en-
trai au moment ou cette âme angélique prenait son
vol vers le Ciel.

CHRISTOPHE.

Est-il possible ?

PIERRE.

Oui, à ce triste et déchirant spectacle , je pris
le pauvre petit dans mes bras, et je le consolai de
mon mieux. Je l'amenai dans cette cabane, et
quelques jours après, accompagné de Jean, je me

rendis chez quelques-uns des habitants du hameau ,
pour tacher de leur inspirer quelque pitié pour
l'orphelin. Personne ne voulut s'associer à ma
bonne action. « Envoyez-le à l'hôpital, » m'était-
il dit partout. Je les laissai dire , et bien que je
fusse le plus pauvre , je gardai l'enfant. Dieu
viendra à notre secours, pensai-je ; Dieu ne souf-
frira pas que la vieillesse et l'enfance , les deux
âges de la vie qui ont le plus besoin d'appui ,
restent sans secours ; Dieu nous en enverra, puisque les hommes nous en refusent.

CHRISTOPHE.

C'est beau , voisin , ce que vous avez fait là.

PIERRE.

Au milieu de la misère, tenez, voisin, la conscience et le cœur consolent de tout.

CHRISTOPHE.

Et depuis neuf ans, voisin , personne , à ce
qu'il paraît , n'est venu réclamer l'enfant ?

PIERRE.

Personne !

CHRISTOPHE.

Et vous n'avez rien conservé des effets de l'étran-
gère , qui puisse servir à faire retrouver la famille
de l'orphelin ?

PIERRE.

Le peu d'effets, de hardes qu'elle possédait, l'hôtesse les prit pour subvenir aux frais de son enterrement, elle me remit seulement un gobelet en argent sur lequel sont gravés deux chiffres.

CHRISTOPHE.

Un gobelet d'argent! Vous auriez dû vous en défaire; tant de fois, je vous ai vu manquer du nécessaire.

PIERRE.

M'en défaire! Oh! jamais! jamais je n'aurais voulu, pour tout le bien du monde, dépouiller l'orphelin du seul héritage de sa mère. Oh! non, non!

CHRISTOPHE.

Dieu vous bénira pour votre vertu, Pierre.

PIERRE.

Il m'a béni, car mon petit Jean m'aime; il m'a béni, parce qu'au milieu de mes souffrances et de ma misère, je lui vois pratiquer des vertus. Dans un âge aussi peu avancé, croiriez-vous, voisin, que le cher enfant a trouvé le moyen de me devenir réellement utile. Tous les jours, il va dans la forêt voisine chercher du bois, dont il fait un fagot; puis il le vend sur la place du marché. Vous

le voyez bien, voisin, que Dieu m'a béni ; et lorsqu'ému je lui dis : « Jean, Jean, oh! c'est bien
ce que tu fais là, garçon ! — Père, répond-il tout
en larmes, n'était-ce pas mieux de votre part de
ne point abandonner l'enfant sans père ni mère! »
Alors il tombe dans mes bras, et nous sommes
plus heureux que les rois. Vous voyez bien que
Dieu m'a béni.

SCÈNE II

PIERRE, CHRISTOPHE, JEAN.

JEAN, *courant à Pierre et l'embrassant.*

Comment vous portez-vous, père ? Oh! que le
temps m'a paru long aujourd'hui; c'est que je
vous savais encore malade. Etes-vous mieux, mon
bon père ?

PIERRE.

Oh! je suis parfaitement guéri à cette heure.
Mais comme te voilà fatigué, mon fils, ton front
est ruisselant de sueur.

JEAN.

Père, mon fagot était lourd ; je l'ai bien vendu,
voilà vingt sols ! *Il les lui remet.* Vous voyez,

père, que Dieu a pitié de nous. Oh! chaque matin, avant de prendre le chemin de la forêt, je l'implore à genoux. Je savais bien, moi, que vous ne seriez pas longtemps malade; j'avais tant adressé de prières au Seigneur. Ah! père, nous aurons une visite tantôt; j'allais oublier de vous le dire, étourdi qui je suis!

CHRISTOPHE, *à part.*

L'aimable enfant!

PIERRE.

Une visite chez nous! Et qui donc nous la fera, Jean?

JEAN.

C'est un monsieur que j'ai rencontré sur mon chemin; oh! père, il a la bonté peinte sur le visage.

PIERRE.

Et que nous veut cet étranger?

JEAN.

Oh! rien, père; il veut, m'a-t-il dit, presser la main d'un honnête homme, la vôtre enfin, mon bon père.

PIERRE, *demi-sévère.*

Allons, je vois que tu lui as raconté... Je te l'avais bien défendu, Jean.

JEAN.

Oh ! je ne lui ai point raconté mon histoire, père, ne vous fâchez pas ; mais je n'ai pu m'empêcher de lui dire combien je vous aimais ; oh ! cela, vous ne m'avez pas dit de le taire.

PIERRE.

Non, car cela me fait trop de joie : embrasse-moi, mon bon Jean. *Ils s'embrassent.*

CHRISTOPHE.

Et moi, voisin, je vous laisse avec votre enfant ; je suis charmé de vous savoir mieux portant. Courage et espoir.

PIERRE.

Bonjour, voisin.

JEAN.

Adieu, M. Christophe. *Christophe sort.*

⊸❀⊸

SCÈNE III

PIERRE, JEAN.

JEAN, *arrangeant divers objets dans la chaumière.*

Voyons, que je mette un peu d'ordre ici, en attendant le monsieur. Oh ! père, si vous saviez comme il me parlait avec intérêt de vous ; puis il s'arrêtait et me regardait ; j'en devenais tout rouge, tant j'étais honteux du long examen qu'il me faisait subir.

PIERRE.

La fraîcheur de ton visage lui plaisait.

JEAN.

Je ne sais pourquoi, moi-même je me sentais tout ému. *Avec joie :* Ah ! c'est lui, père !

⚜

SCÈNE IV

PIERRE, JEAN, M. DE VERNEUIL.

M. DE VERNEUIL, à Pierre.

Pardonnez-moi, monsieur, si je viens dans votre demeure sans avoir l'honneur d'être connu de vous.

PIERRE, faisant des révérences.

L'honneur est de mon côté, monsieur.

M. DE VERNEUIL.

J'ai parcouru ce bois avec votre charmant enfant, et j'ai été surpris, je vous l'avoue, de voir en lui tant de modestie unie à l'esprit et surtout à la plus exquise sensibilité. Vous avez là, monsieur, un enfant rare ; à mesure que je le complimentais sur les précieuses qualités qui, malgré tous ses efforts pour les cacher, éclataient à mes yeux : eh bien ! il ne parlait que de vous son père, de vos vertus. Enfin, j'ai voulu contempler le tableau de votre bonheur; encore une fois, pardonnez-moi un désir qui vous paraît indiscret peut-être.

PIERRE.

Ah! c'est bien honorable pour moi de vous l'avoir inspiré.

M. DE VERNEUIL.

Avez-vous d'autres enfants, monsieur ?

PIERRE, *à part*.

Faudrait-il raconter encore ? Ah ! non : recevoir toujours des louanges pour une action aussi simple, aussi naturelle. *Haut :* Jean est le seul enfant que Dieu m'a donné.

M. DE VERNEUIL.

Vous devez, par cette raison, le chérir doublement.

PIERRE.

Ah ! ça, c'est vrai, je l'aime autant qu'il est possible d'aimer une créature humaine.

M. DE VERNEUIL.

Un vieillard et un enfant qui se soutiennent l'un l'autre dans la vie, et au sein de l'indigence ; l'un l'autre contents de leur position, n'en souhaitant pas une meilleure; ah ! monsieur, quelles leçons les hommes égoïstes et ambitieux pourraient puiser sous votre toit de chaume ! Que j'aime pour mon compte à respirer cette atmosphère d'innocence et de paix que vous répandez autour de vous ! Permettez-moi de m'asseoir, je me sens fatigué.

PIERRE, *avançant un escabeau.*

Excusez-moi, monsieur. Peu fait aux habitudes polies, j'avais oublié de vous offrir un petit banc. Dame ! nous n'avons point de fauteuils.

M. DE VERNEUIL.

On est fort bien là-dessus.... Eh ! quels sont, monsieur, vos moyens d'existence ?

PIERRE.

Lorsque je me portais bien, monsieur, je bêchais la vigne ; mais depuis ma maladie, Jean s'est chargé seul de fournir à notre ménage. Le cher enfant, que Dieu le bénisse ! vend le bois qu'il ramasse dans les forêts voisines ; au temps des champignons, il laisse le bois pour aller à la recherche de cette production de la nature, propriété des pauvres. Touchés de la grâce et de la politesse du jeune marchand, quelques seigneurs, habitant leur château, veulent bien être assez généreux pour ne point dédaigner la marchandise qui leur est offerte.

M. DE VERNEUIL, *à Jean.*

Et moi aussi, mon petit ami, j'habite un château

2

peu éloigné de votre village : pourquoi donc, Jean, n'es-tu jamais venu chez moi ?

JEAN.

Où donc se trouve votre propriété, monsieur ? je n'aurai garde de vous oublier à la saison prochaine ; oh ! je vous ferai un panier de mes plus belles morilles.

M. DE VERNEUIL.

C'est le château que l'on aperçoit, comme un point blanc, au pied de la montagne que domine la chapelle de la sainte Vierge.

JEAN.

Ah ! je vais prier souvent dans cette chapelle ; j'aurai bientôt franchi la distance, allez. J'irai, j'irai.

M. DE VERNEUIL.

Ne serait-il pas possible, mes amis, de me rafraîchir ? la longue promenade que j'ai faite m'a altéré.

PIERRE, *bas à Jean.*

Et rien ici.... Courons chez le voisin Christophe, il nous donnera ce qui nous manque. *A M. de Verneuil :* Pardon, monsieur, veuillez nous attendre un instant, et tâchez de ne pas trop vous ennuyer.

M. DE VERNEUIL.

Pas de cérémonies, je vous le défends.... Allez.

SCÈNE V

M. DE VERNEUIL *seul*.

C'est singulier, mais ma tristesse habituelle fait place à je ne sais quels délicieux sentiments. Il dit que c'est son fils.... Allons... cette ressemblance, qui m'a tant frappé, n'est que l'effet d'une imagination malade. O mon Dieu ! doux espoir qui s'enfuit à mesure qu'il vient de naître ; quoi qu'il en soit, je ferai des heureux, puisque ce bonheur a fui de mon cœur.... Je ferai du bien à cet enfant, à son vertueux père ; ils béniront tous deux ma mémoire quand je ne serai plus ! Mais quels moyens employer pour leur faire accepter mes dons ? ils les refuseront... ils doivent avoir de la fierté ; les nobles cœurs sont fiers. Eh bien ! je ne leur offrirai rien jusqu'à ce qu'ils m'aiment et qu'ils ne puissent plus repousser mes bienfaits.

SCÈNE VI

M. DE VERNEUIL, PIERRE, JEAN *portant du beurre,*
du lait et un pain bis.

PIERRE.

Vous nous ferez l'honneur, monsieur, de casser
une croûte avec nous. Ah! dame, nous ne pouvons
vous servir un repas complet, mais au moins le peu
que voilà nous vous l'offrons avec cordialité.

M. DE VERNEUIL.

Et j'en suis reconnaissant plus que je ne puis
vous l'exprimer. *Pierre et Jean tirent la table au*
milieu de la chaumière, et mettent le couvert, les
verres, parmi lesquels se trouve le gobelet d'argent.

PIERRE.

Daignez vous asseoir sur ce banc, monsieur.

M. DE VERNEUIL.

Je goûte un vrai bonheur auprès de vous. *Il*
regarde Jean attentivement. A part: Toujours cette
image! *A Jean :* Place-toi là, mon enfant, en face
de moi, afin que je puisse mieux te voir.

PIERRE

Et moi ici, à votre côté.

M. DE VERNEUIL, *préparant une tartine.*

Jamais repas splendide ne me donna tant de gaîté
et de bonheur.

PIERRE, *riant.*

Oh! vous nous flattez, monsieur.

M. DE VERNEUIL.

Je dis vrai, je vous l'assure. Vous ne savez pas, vous simples habitants des campagnes, tout ce qui se passe dans le monde, dans ce qu'on nomme la société; à coup sûr, vous ne vous doutez pas que les plaisirs qu'on y prend sont suivis d'affreuses déceptions, qu'ils laissent toujours au cœur des regrets et de l'amertume; c'est presque toujours l'ostentation et non l'amitié qui convie à un repas, et l'hypocrise et la flatterie qui les reçoivent; ici, au moins, autour de cette table rustique, il ne s'est assis avec nous que la franchise et la bonté.

PIERRE, *naïvement.*

Oh! pour ça, dame! oui.

M. DE VERNEUIL.

Mais quel luxe étalé sur cette table?

PIERRE.

Quoi donc?

M. DE VERNEUIL.

Eh! ce gobelet d'argent; car il est en argent, n'est-ce pas? *Il le prend.*

PIERRE , *à part.*

Oh! me voilà encore trahi, je n'y avais pas songé; il me faudra raconter l'histoire.

JEAN , *à part.*

Bon, cela lui donnera l'occasion de parler de ma bonne mère.

M. DE VERNEUIL , *dans le plus grand trouble.*

D'où tenez-vous ce gobelet? Ah! par pitié, ne m'abusez pas, parlez avec franchise.

JEAN.

Eh bien! ce gobelet est à moi; c'est l'héritage que m'a laissé ma mère.

M. DE VERNEUIL.

Ta mère!... la femme de ce vieillard?

PIERRE.

Il n'est pas mon fils.

M. DE VERNEUIL.

Ah!... laissez-moi respirer; car, voyez-vous, une espérance qui m'échapperait encore me causerait la mort.... J'ai tant souffert!

PIERRE , *à part.*

Que veut-il dire?

JEAN , *à part.*

Je ne sais ce que j'éprouve aussi, moi.

M. DE VERNEUIL , *à Pierre.*

Ainsi, Jean n'est pas votre fils, et il tient ce

gobelet de sa mère, de sa mère qui n'existe plus?

JEAN.

J'avais trois ans lorsque Dieu me la reprit, monsieur, et sans la bonté, la charité de mon père que voilà, l'hôpital eût été le seul asile ouvert à moi, pauvre orphelin que je suis.... Voilà l'histoire.

M. DE VERNEUIL.

Merci, mon Dieu, car vous avez été touché de mes prières, de mes larmes; oh! merci, car vous rendez au père son enfant. Jean, Jean, tu es mon fils !

JEAN.

Vous !

PIERRE, *à part.*

O sainte Providence !

M. DE VERNEUIL, *serrant Jean contre son cœur.*

Oui, tu es mon fils ! Je suis ton père, ton heureux père !

PIERRE, *essuyant ses larmes.*

Ah! j'en pleure de joie !

JEAN.

Mon cœur me le disait; je vous aimais tant déjà ! Que je suis heureux ! que je suis heureux !

M. DE VERNEUIL.

Vous voyez en moi un ancien militaire, qui a

assisté à bien des combats. Lors de la désastreuse
campagne de Russie, je laissai mon épouse, douce,
vertueuse et timide, mon épouse qui venait de me
donner un fils, sous la protection d'un parent
qui la recueillit dans sa demeure. Ce parent, le
seul qui me restait, était bien indigne de ma confiance. Il n'est point de cruautés et d'ignominies
qu'il n'ait fait subir à sa nièce ; et tout cela, vous
aurez de la peine, bon vieillard, à le croire, tout
cela dans le but de s'approprier une forte somme
que je lui confiai pour subvenir à l'existence des
êtres que j'aimais. Les lettres n'eurent bientôt plus
de libre circulation, à cause de la guerre. Alors,
ce malheureux osa inventer un faux extrait mor-
tuaire, pour persuader à mon épouse que j'avais
cessé de vivre et qu'elle eût à se chercher un
autre asile que sa maison. La paix étant rétablie,
je revins dans ma patrie, dans la ville où j'avais
laissé tout ce qui m'attachait à la vie. J'avais acquis
une belle position dans l'armée, j'étais général !

PIERRE.

Général ! j'ai recueilli le fils d'un général, moi !

M. DE VERNEUIL.

Oui, la fortune m'était prospère, et le bonheur
m'avait échappé. Ce parent si cruel et si coupable

était mort; ma femme et mon enfant, hélas ! tout
le monde ignorait leur sort. On m'instruisit des
mauvais traitements que mon angélique épouse
avait endurés, et qui l'avaient décidée à prendre
la fuite, mais on ne put me dire où elle était
allée. Jugez de ma douleur !..... Depuis six ans,
je cherche en vain les traces de ses pas ; je pleure
ma femme ! je pleure mon fils !.... En te voyant,
mon Jean, une voix secrète me disait : Cet enfant,
c'est ton fils. *A Pierre :* Homme généreux, soyez
béni mille fois du Seigneur, vous m'avez conservé
mon fils ; vous avez élevé l'orphelin, vous avez
connu celle dont la mort laisse une place vide
dans mon cœur. Ah ! soyez béni.

PIERRE.

Je suis aussi heureux que vous. C'est pourtant
ce gobelet....

M. DE VERNEUIL.

Mon chiffre et celui de ma femme sont gravés
dessus. Hélas ! c'est tout ce qui me reste d'elle ;
mais vous m'en parlerez souvent, mon enfant. *Il
embrasse Jean. A Pierre :* Fermez cette cabane,
abandonnez-la pour toujours, plus de travaux
rudes, plus de misère, vous habiterez mon château, et vous suivrez votre fils.

3

JEAN.

Oh! je ne voudrais pas le bonheur, si mon second père n'en avait sa part.

M. DE VERNEUIL.

Bien, mon fils, ces sentiments t'honorent. Partons.

PIERRE.

Mais auparavant, M. le général, pour l'enseignement des habitants de ce hameau, écrivez sur la porte de cette chaumière : « Le pauvre Pierre habite, à cette heure, un beau château : UN BIENFAIT N'EST JAMAIS PERDU ! »

ERNEST

ou

LE REPENTIR D'UN BON CŒUR

PERSONNAGES :

M. MORTEVAL, vieillard.

ERNEST, petit-fils de M. Morteval.

M. RAMBERT, capitaine, frère de M. Morteval.

SINVALLET, vieux serviteur.

JOSEPH, fermier de M. Morteval.

—◇—

La scène représente un salon simplement meublé, à la campagne de M. Morteval; porte au fond, portes latérales.

—◇—

ERNEST

SCÈNE I

M. MORTEVAL, SINVALLET.

M. MORTEVAL.

Et tu dis, Sinvallet, qu'Ernest a brisé mon beau cabaret de porcelaine du Japon, en jetant sa toupie?... Quel enfant! n'avoir que de sévères réprimandes à lui adresser, quand il pourrait devenir la consolation de son vieux grand-père! Cet enfant me fera mourir!

SINVALLET.

Tenez, voulez-vous que je vous dise ma façon de penser? pardonnez la franchise d'un vieux serviteur.

M. MORTERAL.

Ah! parle sans crainte, mon brave, ton dévouement t'en donne le droit.

SINVALLET.

Eh bien! c'est que le petit drôle vous trouve trop faible, trop bon, et il en abuse, voilà.

M. MORTEVAL.

Eh! parbleu, mon ami, ces reproches que tu m'adresses, je me les fais à chaque instant du jour; mais où veux-tu tronver de l'énergie dans l'âme d'un pauvre vieillard tel que moi? et puis tu oublies que le cœur du père est là pour tout paralyser...

SINVALLET.

C'est absolument cela. Puis l'enfant grandit, ses défauts deviennent des vices, et il n'est plus temps de le corriger, car le mal a pris de fortes racines, et l'on rougit alors d'avoir dans sa famille un mauvais sujet...

M. MORTEVAL.

C'est vrai, ce que tu dis là, mon vieux; c'est fort juste; mais je ne puis me résoudre, à mon âge, à vivre toujours en querelle, toujours irrité contre Ernest.

M. SINVALLET.

C'est cela, vous préférez soupirer et vous plain-

dre à fendre l'âme à votre vieux serviteur, plutôt
que de prendre une ferme résolution, qui vous
ferait triompher de ce petit mauvais sujet. Si la
vie qu'il nous fait mener dans cette campagne
continue longtemps encore, pour ma part, monsieur, je vous avouerai que je n'y tiendrai pas.
Que voulez-vous? Toujours des cris à faire, des
plaintes à entendre. Hier, c'était un cheval dé-
taché du ratelier, galopant dans les champs avec
l'écervelé, et vous, presque évanoui de frayeur
en songeant aux dangers qu'il courait. Aujour-
d'hui, votre cabaret en pièces; demain, une autre
chose, sans doute; le verger dépouillé de ses
beaux fruits peut-être, ou que sais-je encore? c'est
vraiment à ne savoir pas où donner la tête. Cet
enfant n'a point de cœur, vous dis-je.

M. MORTEVAL.

Tu te trompes, Sinvallet; n'accuse pas son
cœur, il n'est point complice dans ses étourderies. Ah! si mon frère le capitaine de dragons
arrivait parmi nous, ainsi qu'il me l'a fait pressentir dans sa dernière lettre, je suis assuré qu'il
viendrait à bout d'Ernest. Il faut à ces enfants-
là des mains de fer pour les tenir.

SINVALLET.

Puisse-t-il donc arriver bientôt, M. le capi-

taine de dragons, puisque selon vous, monsieur,
il doit nous apporter la paix et la tranquillité !
Mais voilà M. Ernest, et voyez dans quel état !
tous ses habits en lambeaux ; je me sauve. *Il sort.*

SCÈNE II

M. MORTEVAL , ERNEST.

ERNEST.

Ah ! mon père, tenez, voyez , je pouvais me
tuer en tombant de ce noyer où j'étais monté
pour saisir un nid d'oiseaux , mes habits seulement ont souffert.

M. MORTEVAL.

Ah ! c'est affreux , Ernest, de rendre ainsi mes
dernières années si tristes , si misérables. Que
serais-tu devenu, malheureux enfant , lorsque encore au berceau tu perdis tes parents ? Hélas !
j'espérais que l'orphelin que je recueillis avec
tant de tendresse se souviendrait de ce bienfait ;
mais, je le vois chaque jour, la reconnaissance
n'habite pas ton âme ; Ernest, je le dis avec
douleur, tu n'es qu'un ingrat !

ERNEST.

Ah ! mon bon père , je vous promets de mieux
m'observer à l'avenir !

M. MORTÉVAL.

Oui ! c'est ainsi que tu m'abuses sans cesse, par des promesses mensongères que tu détruis à chaque instant par ta conduite. Ah ! si au lieu de courir dans les champs, tu eusses étudié tes leçons, fait tes devoirs, tu ne m'aurais point cassé mon cabaret, tu n'aurais point déchiré tes habits ; c'est bien mal, cela, Ernest. Qu'espères-tu de cette vie oisive que tu mènes? Tu ne seras qu'un ignorant, exposé à rougir sans cesse, lorsque tu deviendras plus avancé en âge. Tous les professeurs que je t'avais donnés n'ont plus voulu te prodiguer leurs soins, tous ont été rebutés par ton peu d'aptitude et ta paresse. Ah ! tu me rends bien malheureux, mon enfant, tu brises mon cœur !....

ERNEST.

Ah ! mon bon père, si vous saviez combien j'au-rais été heureux en possédant ce beau nid, que je voyais perché sur la cime du noyer !

M, MORTÉVAL.

Voilà une belle excuse! Taisez-vous, monsieur, et allez changer de vêtements.

ERNEST.

Père! oh! ne vous fâchez pas; embrassez-moi ! embrassez votre fils !

M. MORTEVAL.

Non , monsieur.

ERNEST.

Oh! je vous embrasserai malgré vous. *Il lui saute au cou. A part :* Je connais le moyen de lui faire tout oublier. *Il sort en sautant.*

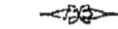

SCÈNE III

M. MORTEVAL, *seul.*

Si mon frère ne se hâte d'arriver pour corriger ce petit lutin, il me faudra prendre un parti, l'éloigner de moi, le mettre dans une pension ; mais me séparer de lui , de cet enfant que je chéris si tendrement! Malgré ce qu'en dit Sinvallet , je soutiens qu'il a un cœur bon et sensible. Cher Ernest, seul enfant qui reste à ma vieillesse : ah! si tu pouvais savoir combien je t'aime , et combien tu désoles mon âme par tes étourderies... Mais qui vient là?

SCÈNE IV

M. MORTEVAL, M. RAMBERT.

M. MORTEVAL.

Ah ! mon frère !

M. RAMBERT.

Te voilà enfin, mon ami! *Ils s'embrassent.*

M. RAMBERT.

Je viens passer toute la belle saison avec toi.

M. MORTEVAL.

Ah! tu es bien aimable, je te remercie.

M. RAMBERT.

Lassé du fracas de Paris, je me suis dit : Il existe un coin de terre en Touraine où je vivrai quelques mois au sein de l'amitié fraternelle, et aussitôt je suis monté en voiture, et me voilà.

M. MORTEVAL.

Et tu as sagement pensé; je t'attendais avec une bien vive impatience.

M. RAMBERT.

Pauvre frère! quel bonheur de nous retrouver encore! ta santé me paraît assez bonne.

M. MORTEVAL.

Oui, grâce à Dieu, je me porte assez bien pour mon âge avancé; ma vieillesse est exempte d'infirmités, et sans les tracasseries continuelles que me fait éprouver....

M. RAMBERT.

Quoi! ton petit-fils, ce moutard fait toujours des siennes?

M. MORTEVAL.

Ah ! cela va en augmentant , mon cher ami ; il
porte le trouble et la désolation dans cette paisible retraite, où j'espérais terminer ma vie dans
la tranquillité.

M. RAMBERT.

Vraiment ; il est donc bien espiègle ce petit
garçon ! Eh bien, laisse-moi faire, cède-moi tous
tes droits sur Ernest, et tu verras comme il de-
viendra souple et obéissant. Souffrir ainsi par les
caprices d'un bambin, mais cela ne se conçoit pas.

M. MORTEVAL.

Que veux-tu ? il sent toute ma faiblesse et ma
sensibilité, voilà le malheur.

M. RAMBERT.

Il est des enfants qui exigent de la sévérité,
et morbleu un vieux soldat saura se faire craindre.

M. MORTEVAL.

Je l'espère ; mais le voici.

SCÈNE V

M. MORTEVAL, M. RAMBERT, ERNEST.

ERNEST, *à part.*

Quel est cet étranger ? *Haut* : Père, me voilà
convenablement vêtu.

M. RAMBERT.

C'est donc là ton petit rebelle?

M. MORTEVAL.

Lui-même. *A Ernest :* Embrasse ton oncle.

ERNEST, *à part.*

Mon oncle! oh! qu'il a l'air méchant, ses moustaches me font peur. *Il reste immobile.*

M. RAMBERT, *d'une voix tonnante.*

Morbleu, monsieur, obéirez-vous?

ERNEST, *s'approchant.*

J'obéis, vous le voyez bien.

M. RAMBERT, *l'embrassant.*

Je fais volontiers votre connaissance, mon neveu.

ERNEST, *à part.*

Et moi, pas du tout, je ne m'habituerai jamais à ses manières.

M. MORTEVAL.

Ernest, tâche d'être raisonnable si tu veux que ton oncle t'aime.

M. RAMBERT.

Dame! c'est la première condition.

ERNEST, *à part.*

De quoi vient-il se mêler, cet oncle que je ne connais pas? *Haut :* Père, voulez-vous me per-

mettre d'aller avec Vincent dans la forêt voisine ?
je cueillerai des noisettes, et cela m'amusera.

M. RAMBERT, *vivement.*

Je vous le défends, moi.

ERNEST, *d'un ton fier.*

Ce n'est point votre permission que j'implorais,
monsieur mon oncle.

M. RAMBERT.

Vous êtes un impertinent, monsieur mon neveu;
je suis fâché que ma façon d'agir vous contrarie,
mais je n'en changerai pas, je vous en préviens;
sachez que votre grand-père m'a cédé tous ses droits
sur vous, et je commence d'en user en vous forçant
d'obéir. Vous n'irez pas au bois cueillir des noisettes, je veux voir auparavant vos cahiers; car
j'imagine que vous n'êtes point élevé ainsi qu'un
petit paresseux, et que vous consacrez une bonne
parte de la journée à vos devoirs de classe. Croyez
bien que tout va changer ici désormais, et que j'ai
en horreur les enfants paresseux et ignorants. Allez,
et obéissez, j'attends vos cahiers. *Ernest pleure.*
Vous pleurez, mon neveu, vous feriez mieux d'obéir.
Les larmes de la désobéissance ne gagneront rien
sur moi.

ERNEST.

Mais, monsieur....

M. RAMBERT.

Qu'est-ce à dire encore? Allez chercher ce que je vous demande, et songez que toutes les fois que vous n'aurez point rempli la tâche que je vous donnerai, vous serez réduit au pain et à l'eau, vous resterez aux arrêts.... Et maintenant, morbleu, obéissez.

ERNEST, *pleurant.*

Ah! que je suis malheureux!

M. MORTEVAL.

Va, mon ami.

M. RAMBERT, *frappant du pied.*

Eh bien! m'avez-vous entendu, Ernest?

ERNEST, *s'enfuyant.*

Que vient-il faire ici? je le braverai, moi, ce capitaine-là, tout gros, tout grand, tout effrayant qu'il est. *Il sort.*

SCÈNE VI

M. MORTEVAL, M. RAMBERT.

M. RAMBERT.

Il était temps, en effet, d'arriver; il y a de l'obstination dans cette petite tête-là; mais elle cèdera, je te l'assure, à ma fermeté.... Ah, ah, ah ! as-tu vu comme d'abord mes' vieilles moustaches l'effarouchaient ?

M. MORTEVAL.

Je sens, comme toi, que l'autorité est nécessaire pour dompter un semblable naturel. Faut-il t'avouer ma faiblesse pour cet enfant, eh bien ! ses craintes et ses larmes me faisaient mal.

M. RAMBERT.

Pauvre ami ! cache bien tes souffrances sous une apparente insensibilité ; s'il apercevait en toi la moindre faiblesse pour ses défauts, tout ce que je veux'tenter pour le rendre tel que nous souhaitons qu'il soit, serait perdu ; avec l'entêtement qu'il montre, cet enfant-là serait capable de tout oser pour avoir ensuite la faculté de se gouverner à sa guise.

SCÈNE VII

M. MORTEVAL, M. RAMBERT, SINVALLET.

SINVALLET.

Ah ! monsieur, voilà M. Ernest qui a pris la fuite.

M. MORTEVAL, *fortement ému.*

Ò Ciel ! va, cours après lui, ramène-le !

M. RAMBERT.

Restez, Sinvallet.

M. MORTEVAL.

Mais tu n'entends donc pas, mon frère, Ernest s'est enfui; le malheureux! où va-t-il aller? il tombera dans quelque coin, exténué de faim.

M. RAMBERT, *riant.*

Sois donc tranquille, le déserteur reviendra sous le drapeau, et alors je le ferai passer à un conseil de guerre.

M. MORTEVAL.

Ah! tu mènes militairement les affaires, toi, j'en conviens; mais pour moi, il m'est impossible....

M. RAMBERT.

Mais tu n'es qu'une poule mouillée, mon pauvre frère; ne crains rien, te dis-je, je ne ferai pas fusiller notre conscrit; je veux te le rendre souple comme un gant. Tu verras....

M. MORTEVAL.

Il faut donc le laisser s'en aller? ô juste Ciel!

SINVALLET, *à part.*

Quand j'ai vu le frère de monsieur descendre de voiture, je me suis dit : Voilà l'homme qu'il nous faut; parlez-moi de cela au moins. *Haut:* Ainsi donc, je ne dois point courir après le fugitif;

4

mais, au moins, ne vous affligez pas trop, maintenant que nous avons du renfort.

M. RAMBERT.

Bah! l'inquiétude de quelques heures sera bientôt suivie du calme et du bonheur; laissez-moi
gouverner, ainsi que je le veux, ce petit bon-
homme de trois pieds. La guerre est déclarée,
morbleu, il faudra qu'il rentre au camp implo-
rant sa grâce et la paix; nous verrons.... Ah! il
a fui. C'est bien, il reviendra, il reviendra, morbleu, je vous l'assure. Je comprends bien vos tourments : le petit lutin se jouait de deux vieillards;
mais gare à lui! à nous deux à cette heure.

SINVALLET.

Dieu soit béni! car vous allez, monsieur le capitaine, nous apporter une trève au moins.

M. RAMBERT.

Dites la paix générale; mais pour cela laissez-moi
faire.

M. MORTEVAL.

Où peut-il être allé?

M. RAMBERT.

Parbleu! cueillir des noisettes; tu te désoles,
tandis qu'il saute et rit maintenant, j'en suis sûr.
Mais tu dis qu'il est bon et sensible.

SINVALLET.

Quant à moi, j'en douterais presque; faire souffrir continuellement son bon grand-père, qui l'aime,
Dieu sait combien!

M. RAMBERT.

Ce n'est pas une raison.

M. MORTEVAL.

Je réponds, moi, de son cœur et de sa tendresse
pour moi!

M. RAMBERT.

C'est à son âme que je veux parler.

M. MORTEVAL.

Pour moi, je n'y peux plus tenir; l'inquiétude
m'accable. Rambert, je vais me retirer dans ma
chambre; je sens que je succombe à mon émotion.
MM. Rambert et Morteval sortent.

SCÈNE VIII

SINVALLET *seul.*

Il a l'air dur, M. le capitaine, et si j'étais un
enfant, il me ferait trembler avec ses moustaches
noires et longues; que le Ciel veuille que tout cela
se termine bien!

SCÈNE IX

JOSEPH.

M. Morteval !

SINVALLET.

Il n'est pas là ; nous apportez-vous des nouvelles de M. Ernest ?

JOSEPH.

Non ; ma femme vient de me dire qu'il avait pris un gros pain à la ferme, disant qu'il ne reviendrait pas tant que son oncle à moustaches ne lui aurait cédé la place. Cela ferait supposer qu'il compte aller bien loin, et j'ai cru de mon devoir d'avertir M. Morteval de cette circonstance.

SINVALLET.

Je dirai cela à mon maître.

JOSEPH.

Si j'apprends quelque chose, je m'empresserai d'en instruire M. Morteval.

SINVALLET.

N'y manquez pas, Joseph.

JOSEPH.

Adieu, monsieur Sinvallet, je vais retourner aux champs.

SINVALLET.

Bonjour, Joseph.

⊷⊶

SCÈNE X

RAMBERT, SINVALLET.

SINVALLET.

Je viens, monsieur, d'avoir des nouvelles du
fugitif; Joseph sort d'ici; il venait nous annoncer
que notre étourdi s'est muni, à la ferme, d'un
pain qu'il a emporté.

M. RAMBERT, *riant.*

Ah! il a de la prévoyance, il a craint la famine;
tu vois, Sinvallet, qu'il n'a pas envie de se laisser
mourir de faim; rassure-toi, nous le verrons ici
avant ce soir, il ne voudra pas assurément passer
la nuit dans les champs, à la belle étoile.

Que de tourments pour mon pauvre frère! si ce
jeu-là continuait, ce petit drôle le ferait mourir à
petit feu.

SINVALLET, *à la fenêtre.*

Je crois le voir là-bas; n'est-ce pas lui qui est
assis sous ce gros maronnier? mes yeux sont
mauvais.

M. RAMBERT, *regardant.*

C'est bien notre déserteur qui revient. Fermons la croisée, afin qu'il ne puisse nous apercevoir. S'il vient se soumettre, Sinvallet, vous n'avez rien à dire.

SINVALLET.

Je comprends, je remplirai dans cette affaire-là le rôle de muet.

M. RAMBERT.

Rien de plus.

SINVALLET.

Le voici, le voici, ce sont bien ses pas ; cette fois, il ne court point. *A part :* Voyons comment s'en tirent les capitaines de dragons avec les enfants indociles.

SCÈNE XI

M. RAMBERT, SINVALLET, ERNEST.

ERNEST.

Je veux voir mon grand-père !... Où est-il donc ?

M. RAMBERT.

Votre grand-père est souffrant, monsieur ! votre conduite dénaturée, vos continuelles fautes et enfin votre fuite portent un coup terrible à sa santé. Que venez-vous faire encore dans une maison où , pour prix des bienfaits que vous y avez reçus, vous n'avez apporté que la désolation , et bientôt, hélas ! le deuil? Retirez-vous, monsieur.

ERNEST.

Je veux voir mon grand-père ; car, vous qui me faites ainsi de la morale , qui vous mêlez de choses qui vous sont étrangères, je ne vous connais pas !

M. RAMBERT.

En effet, vous ne me connaissez pas ; car je suis certain que si vous saviez de quoi le capitaine Rambert est capable , vous ne vous amuseriez point à vouloir le braver. Monsieur mon neveu , pensez-vous que celui qui , à la tête d'un régiment de dragons , maintenait la discipline parmi des hommes de haute stature , ne puisse se faire respecter par un bambin de votre espèce? eh ! je défendrai mon frère contre votre méchanceté.

ERNEST.

Mais enfin , ne puis-je lui parler ; c'est mon père que je demande?

M. RAMBERT.

Ah ! malheureux , voulez-vous accélérer sa mort ? voulez-vous porter un nouveau coup à sa faible existence? Sachez, monsieur , qu'à la nouvelle de votre fuite, mon malheureux frère s'est trouvé mal, et que ce coup lui donnera la mort peut-être, et brisera nos cœurs. Voilà votre ouvrage, monsieur!

ERNEST, *vivement ému.*

Qu'entends-je? Mon grand-père...... Ah! vous m'abusez..... tout cela n'est qu'un jeu, n'est-il pas vrai? de grâce, rassurez-moi.... mais vous le voyez bien, je souffre! O mon Dieu! ô mon Dieu! *Il pleure.*

M. RAMBERT, *à part.*

Cela va bien, il y a de l'âme. *Haut* : Je ne vous trompe pas, monsieur; votre père est malade, et vous le perdrez bientôt, si vous ne changez de conduite, et vous entendrez, Ernest, le reste de votre vie, une voix qui dira dans votre cœur, que c'est vous, vous seul qui, pour prix de ses bienfaits, avez creusé la tombe de mon malheureux frère.

ERNEST.

Que dites-vous, mon oncle? Et vous croyez que je pourrais le savoir souffrant, prêt à quitter ce monde, sans lui dire : « Père, père ! ah ! pardonne-moi mes indignes torts ; Dieu, qui lit au fond des cœurs, sait bien que je t'aime. » Ah! mon oncle, voudriez-vous que je n'obtinsse pas mon pardon ; dites, voudriez-vous qu'il quittât son Ernest, son fils, sans le pardonner, sans le bénir? Ah! non, n'est-ce pas, vous n'êtes point aussi barbare que vous le paraissez, vous allez me conduire près de lui ; ah ! par pitié, ne vous refusez pas à mes larmes, à mes prières. *Il tombe à genoux.*

SINVALLET, *à part.*

Ce petit drôle me fend le cœur ! *Il essuie ses yeux.*

M. RAMBERT.

Ernest, vous êtes bien coupable ; voyez ce qu'il peut en coûter lorsqu'on néglige de remplir les devoirs que nous imposent à la fois la nature, le cœur et la religion. Tous les vœux de l'homme doivent tendre à s'éviter des remords cuisants. Quoi ! vous aviez cru que Dieu, au regard duquel nulle action n'échappe, ne vous infligerait pas une punition cruelle ! Vous êtes orphelin, vous n'avez à espérer d'autre fortune dans le monde que celle que vous pourrez vous procurer par votre bonne conduite et votre travail. Votre conduite est indigne, et vous êtes paresseux. Vous n'étiez rien sans la protection de votre grand-père, qui vous aimait, et vous désoliez son existence !... Eh bien, Ernest, le Ciel, pour vous punir, pour vous donner une leçon sévère, vous le retirera ce bon père, et vous laissera seul, pauvre et ignorant dans ce monde. Ernest, on ne se joue point de l'amour d'un père !

ERNEST, *vivement.*

Ah ! que je sois abandonné sans retour, que la

5

misère et la honte accompagnent tous mes pas dans
la vie, cela je l'ai mérité ; mais que mon bon,
mon vénérable grand-père ne me soit point ravi ;
qu'il me chasse, mais qu'il vive. Oh ! ne me dites
plus, mon oncle, que je vais bientôt le perdre,
car, voyez-vous, je ne pourrai survivre à cette affreuse douleur.

M. RAMBERT.

Voyez où vous ont entraîné vos mauvais pen-
chants ! Ah ! c'est affreux ; un remords perpétuel
pouvait être votre triste partage ; et en ce moment,
tenez, où le malheur vous accable, je gage, moi,
car j'ai le don de lire dans le cœur des enfants,
oui, je gage que si vous me promettiez d'être à
l'avenir soumis, respectueux, attentif à remplir
vos devoirs, je parie qu'une fois le danger et la
crainte passés, vous mettriez aussitôt en oubli vos
bonnes résolutions.

ERNEST, se jetant à genoux.

O mon oncle, mon cher oncle, pardonnez-mo
ma vilaine conduite à votre égard, je sens combien
je fus coupable envers vous ! Vous êtes trop bon,
trop généreux pour moi ; ayez pitié de ma douleur ;
que faut-il faire pour expier mes torts, pour que
vous me les pardonniez ? Je le vois, vous ne croirez
pas à ma promesse de changer ; le temps seul et

l'exactitude que j'apporterai à remplir mes devoirs
pourront vous convaincre que mes regrets sont sin-
cères... O mon Dieu, que faut-il dire et faire pour
toucher votre cœur? Dites, ah! parlez.

M. RAMBERT.

Eh bien, Ernest, je te pardonne! *Sur un signe
de M. Rambert, Sinvallet va ouvrir la porte de la
chambre de M. Morteval.*

ERNEST.

Mon père! au nom du Ciel, où est mon père?

SCÈNE XII

M. RAMBERT, SINVALLET, ERNEST, M. MORTEVAL.

M. MORTEVAL, *s'avançant lentement, appuyé sur
Sinvallet.*

Ce que je viens d'entendre me rend à la vie.

ERNEST, *joignant les mains.*

O mon père, je n'ose me jeter dans vos bras, je
suis trop criminel. C'est la première punition que
je m'inflige.

M. RAMBERT, *poussant Ernest dans les bras de
M. Morteval.*

Enfant, il te pardonne, ton père, car, ainsi
que moi, il compte sur ta sincérité.

M. MORTEVAL , *attendri*.

Mon bon fils !

ERNEST.

Ah ! j'ai trop souffert, en comprenant enfin que je pouvais, par ma conduite , hâter le terme d'une vie qui m'est si chère. Que serait-ce donc , si j'en avais la cruelle certitude ? Me voilà corrigé à jamais de mes vilains défauts. Sinvallet , pardonne-moi aussi , toi , je t'ai fait bien du mal.

SINVALLET.

Ah ! c'est de grand cœur. *A part.* : Vive M. le capitaine !

ERNEST , *pressant la main de M. Rambert.*

Oh ! je n'ai plus peur de vos moustaches, mon oncle ; vous me raconterez vos campagnes.

M. RAMBERT.

Ce récit sera le prix de ta sagesse ; je le commencerai ce soir à la veillée.

ERNEST.

Oh ! que je vais être heureux maintenant , car j'espère què mon grand-père le sera.

JULIEN

ou

LE MENSONGE

PERSONNAGES :

M. GERVILLE.

ANTONIN, \
JULIEN, } ses fils.

GUILLAUME, vieux bûcheron.

M. ROSTAN, \
M. DERMONT. } amis de M. Gerville.

—◇—

La scène se passe dans un salon de campagne.

—◇—

JULIEN

OU LE MENSONGE

SCÈNE I

ANTONIN, JULIEN, M. GERVILLE.

M. GERVILLE, *à Julien en le serrant dans ses bras.*

Mon cher enfant, je suis satisfait de ta conduite ; car dans ce que m'a dit le bûcheron Guillaume, notre ancien serviteur, j'ai compris que c'était toi seul qui pouvais apporter cette sollicitude pour lui. « C'est un ange qui veille à mon bonheur, a-t-il dit ; mais je dois garder son secret. » Cet ange, c'est toi, mon Julien. Employer ainsi tes

petites économies en aumônes, oh! c'est bien
noble! Dieu te rendra au centuple ce que tu
donnes aux pauvres.

JULIEN

Ce n'est que votre exemple, mon père, que je
m'efforce de suivre.

ANTONIN, *à part.*

Quoi! Julien laisse croire...

M. GERVILLE, *à Antonin.*

Et toi, mon ami, quitte cet air sournois et peu
expansif; mets, ainsi que ton frère aîné, ton âme
à découvert; sois aussi sincère, enfin, et aussi
franc que Julien, et je serai alors le plus heureux
des pères.

ANTONIN.

Mon père!...

M GERVILLE, *l'interrompant.*

Le mensonge, Antonin, est un vice de l'âme,
qui finit par en ternir toute la pureté. Ne pas le
combattre dès sa naissance, c'est faire son malheur à soi-même; on commence à mentir, sans y
mettre de l'importance, et puis, plus tard, on
en contracte une funeste habitude, dont il est
presque impossible de se défaire, et qui finit par
nous rendre pernicieux dans la société. On fuit

un menteur, on entend dire tout bas : « Ne le croyez pas! » Oh! c'est bien humiliant! Dirait-il même la plus grande vérité, il n'est jamais cru. Oh! que c'est affreux de mentir.

ANTONIN, *suppliant.*

Mon père, j'ai en horreur le mensonge, je ne mens pas.

M. GERVILLE.

Que de fois j'ai eu à te reprendre sur ce vilain défaut! tâche de t'en corriger... *Regardant à sa montre :* Mais mon jardinier m'attend; je vous laisse, mes enfants. *Il sort.*

SCÈNE II

ANTONIN, JULIEN. *Moment de silence.*

ANTONIN.

O mon frère! quoi! tu me laisseras donc toujours accuser, sans prendre une seule fois ma défense. Tiens, mon frère, ma poitrine est pleine de sanglots. Toujours exciter et recevoir les caresses de notre père, pour toi seul, et me laisser ainsi accabler de reproches! Oh! je ne pourrais jamais, moi, me laisser louer sur une bonne action que je n'aurais point faite, sans laisser deviner, si ma bouche se taisait, toute la vérité, à mon trouble, à la rougeur de mon front. Il me semble que je ne pourrais jamais m'approprier ce qui ne m'appartient pas.

JULIEN.

Tu me traites donc en voleur ! Voyons, que veux-tu dire, frère ; je ne te comprends point.

ANTONIN.

Julien, notre père t'a prodigué son amour, ses louanges, ses caresses, en te croyant le bienfaiteur de notre pauvre Guillaume, et à coup sûr, frère, ce n'est pas toi qui l'as secouru dans son malheur ; tu n'y as pas songé, n'est-il pas vrai ? Tu as pris et gardé ce qui ne t'appartenait pas, les témoignages d'affection de notre père.

JULIEN.

C'est la vérité. Mais qui donc est le bon ange dont parlait Guillaume ?

ANTONIN.

Pourquoi donc, Julien, voudrais-tu m'obliger à te révéler une chose qui est aussi sacrée qu'elle doit être secrète ?

JULIEN.

C'est toi !.... Ah ! frère... oh ! c'est à présent que je rougis ; pardonne-moi, je maudis mon vilain défaut. Viens, viens, allons sur-le-champ tout découvrir à notre père, je te dois une réparation, je dois expier par la honte le mal et le tort que je t'ai faits; viens, viens.

ANTONIN.

Je n'irai pas, Julien, notre père aurait trop de chagrin en sachant que tu l'as ainsi trompé. Seulement, je te prie de t'observer, afin de ne plus retomber dans ce défaut, qui plus tard finira par t'occasionner bien des peines. Tiens, veux-tu me croire? eh bien, lorsque tu te sentiras près de faillir, jette aussitôt les yeux sur moi, je te ferai une si vilaine grimace que le mensonge que tu allais proférer expirera à coup sûr sur tes lèvres. Dis, le veux-tu, frère?

JULIEN.

Si je le veux! Ah! c'est encore trop de bonté pour moi; cela seul est capable de me corriger à jamais. Que ne puis-je te ressembler, ô mon bon frère! *Ils s'embrassent.*

SCÈNE III

ANTONIN, JULIEN, M. GERVILLE.

M. GERVILLE, *irrité*.

C'est inoui, cela, c'est affreux ! je suis d'une colère... dévaster ainsi mon jardin !

ANTONIN, *à part*.

Qu'est-ce donc ?... qu'y a-t-il de nouveau ?...

M. GERVILLE.

Ah! si je connaissais celui qui a osé ainsi mutiler mon petit arbre chéri, mon bel oranger, le dépouiller de toutes ses fleurs, de tous ses beaux fruits...

JULIEN, *à part*.

O Ciel ! s'il savait que c'est moi.

M. GERVILLE.

Ce n'est que vous, messieurs, qui avez pu, ne tenant nul compte de mes expresses défenses, lancer des flèches sur mon parterre.

JULIEN, *suppliant*.

Oh! père, ce n'est pas moi, je vous le jure.

M. GERVILLE.

C'est Antonin, à coup sûr.

ANTONIN.

Mon père, je ne joue jamais dans votre jardin.

M. GERVILLE.

Taisez-vous, encore un de vos indignes mensonges.

ANTONIN *fait des grimaces à Julien, qui s'obstine
à ne point le regarder.*

Frère... frère...

M. GERVILLE.

Je saurai la vérité, et malheur au coupable ! un
aveu seul pourrait faire excuser....

ANTONIN.

Frère !...

JULIEN, *sans regarder Antonin.*

Ce n'est pas moi !

M. GERVILLE.

Allez, sortez ! *Antonin va pour sortir; Julien
ne bouge pas; Antonin le tire par le bras.*

ANTONIN.

Eh ! viens donc, frère !

SCÈNE IV

M. GERVILLE, *seul.*

C'est Antonin ! A sa honte, à sa confusion, j'ai
reconnu le coupable, il est endurci dans le mensonge. Ah ! comment le corriger ? Je vais encore

l'interroger sans témoin. Puissé-je ne pas trouver l'assurance que mon malheureux fils s'est habitué, dès son jeune âge, à une dissimulation aussi profonde et aussi odieuse! *Il rappelle Antonin, qui était déjà éloigné.*

SCÈNE V

M. GERVILLE, ANTONIN.

M. GERVILLE.

Antonin, vous faites le chagrin de ma vie; j'espérais que mes avertissements et mes réprimandes vous corrigeraient, et je vois avec douleur que plus vous avancez en âge, plus vous vous opiniâtrez dans des défauts que rien ne peut excuser. Je veux toutefois, avant de vous punir comme vous le méritez, faire près de vous une dernière tentative. Avouez vos torts, Antonin, faites-moi connaître la vérité; c'est le moyen le plus sûr de mériter l'indulgence.

ANTONIN.

Mon père, si j'étais coupable de ce dont vous m'accusez, à l'instant même je me jetterais à vos genoux pour implorer mon pardon.

M. GERVILLE.

Toujours les mêmes détours : Antonin, n'employez plus vos moyens ordinaires pour me tromper. Un simple aveu, voilà tout ce que je demande de vous.

ANTONIN.

Puis-je mentir pour m'accuser ?

M. GERVILLE.

Vous ne savez le faire que pour vous excuser, n'est-ce pas? Si ce n'est pas vous qui avez dépouillé mon arbuste, au moins connaissez-vous le coupable?

ANTONIN.

Mon père !

M. GERVILLE.

Répondez, monsieur.

ANTONIN.

Je le connais.

M. GERVILLE.

Nommez-le.

ANTONIN.

Je ne puis.

M. GERVILLE.

Vous vous obstinez à me désobéir?

ANTONIN, *les larmes aux yeux.*

O mon père, dans quelle triste alternative vous

me placez! Je n'ai rien tant à cœur que de vous prouver mon respect et mon amour, et je me trouve vis-à-vis de vous entre la désobéissance, le mensonge, ou le rôle de dénonciateur.

M. GERVILLE.

Malheureux enfant! Peut-on s'imaginer que ton cœur, si jeune encore, connaisse tant de ruses et de fourberies? L'exemple de ton frère ne peut donc rien sur toi? tu vois, lui, quel chemin il suit; tu vois quelle candeur il montre dans toute sa conduite, et tu ne peux l'imiter! Ainsi, Antonin, vous ne voulez point parler?...

ANTONIN.

Mon père, que je suis malheureux de vous occasionner tant de chagrin!

M. GERVILLE.

Incorrigible enfant, éloignez-vous. Il est temps que je prenne à votre égard un parti décisif. Vous apportez dans le mensonge et la dissimulation une tenacité inexplicable pour votre père. Retirez-vous, je vous ferai connaître ce soir ma volonté. *Antonin sort en pleurant.*

SCÈNE VI

M. GERVILLE, *seul.*

Quel caractère! si cet enfant tournait vers le bien ses dispositions naturelles, il deviendrait un sujet excellent, tandis qu'il fait le tourment de ma vie. Il faut cependant que j'éclaircisse cette affaire; il y va de mon repos, de mon bonheur. Il faut que j'interroge mon jardinier. Peut-être pourra-t-il me donner des renseignements précis. Ah! voici justement Guillaume.

SCÈNE VII

M. GERVILLE, GUILLAUME.

GUILLAUME, *embarrassé.*

C'est moi-même, monsieur; pardonnez-moi si je viens vous déranger.

M. GERVILLE.

Si tu as, Guillaume, quelque service à me demander, parle sans crainte, tu seras satisfait.

GUILLAUME, *à part.*

Comment lui dire?... *Haut:* Oh! je ne demande rien; mais c'est que, voyez-vous, monsieur, je

ne puis plus contenir les élans de la reconnaissance ; je me reproche sincèrement le silence que
j'ai gardé envers vous, sur les bienfaits que je reçois
journellement de l'un de vos enfants. Peut-être
ignorez-vous encore à qui je dois le bien-être dont
je jouis ?

M. GERVILLE.

Ah ! je sais tout, Guillaume ; Julien m'a tout
avoué, il en a reçu sa récompense ; je l'ai embrassé
et béni mille fois pour cela.

GUILLAUME.

Qu'entends-je, monsieur, est-il bien possible ?
Ma femme a donc dit la vérité en assurant que
vous vous mépreniez sur vos deux enfants. Sachez,
monsieur, que ce n'est point M. Julien qui me
donne des secours, mais bien M. Antonin. Cet
aimable enfant, que Dieu le bénisse pour sa charité ! s'impose de grandes privations pour moi.
Il épargne tout ce que vous lui donnez pour son
amusement, et c'est à son cher Guillaume, comme
il le dit, que tout cela revient.

M. GERVILLE.

O Ciel ! que m'apprends-tu ? ma surprise..?

GUILLAUME.

Oh ! ce n'est pas tout. Ecoutez : il m'avait dé-

fendu de vous instruire de cette bonne action,
et hier, ces paroles qu'il a dites m'ont donné
beaucoup à penser : « Guillaume, m'a-t-il dit, il
faut cacher plus que jamais notre secret à mon
père ; car, vois-tu, mon frère en serait trop humilié. » Tout attendri, le pauvre enfant m'a serré
la main, puis il a disparu.

M. GERVILLE, *confondu.*

Oh ! combien je fus injuste !

GUILLAUME.

Moi, monsieur, quoique je ne sois qu'un pauvre
paysan, j'ai le cœur tendre ; je pleurais, car j'a-
vais deviné la vérité. Ce matin, j'ai voulu m'é-
claircir auprès de vos gens, et j'appris que mon
jeune bienfaiteur était constamment accusé des
torts de son frère, qui profite de son généreux
silence pour recevoir vos louanges et vos caresses.
Pardonnez-moi ma franchise, monsieur, mais ça
me pesait là, voyez-vous. Ce secret m'aurait étouffé,
j'en serais mort si je ne vous l'avais confié, excusez-
moi.

M. GERVILLE.

T'excuser, mon bon Guillaume, tu as rempli ton
devoir, et je te remercie de me dessiller les yeux ;
réparation sera faite à Antonin, je te l'assure, sois
tranquille.

GUILLAUME, *sortant.*

Ah! j'ai un poids de moins sur le cœur, me voilà
léger; salut, monsieur.

M. GERVILLE.

Va en paix, mon brave et digne ami.

SCÈNE VIII

M. GERVILLE, *seul.*

Qu'ai-je appris? Cher Antonin, victime dévouée
de l'injustice d'un père et de la tendresse fraternelle, combien je suis coupable. Oh! je veux
réparer mes torts! Aveugle prédilection qui me
cachait les vertus d'Antonin; Guillaume, merci,
merci de la leçon que vous venez, dans votre simplicité et votre bon cœur, de donner à un père. Ah!
M. Julien, M. Julien!

SCÈNE IX

M. GERVILLE. M. DERMONT, M. ROSTAN.

M. GERVILLE.

Bonjour, bonjour, mes amis; je vous sais gré de

votre aimable empressement à devancer l'heure du dîner.

M. ROSTAN.

Pourquoi nous remercier, puisque c'est un bonheur pour nous-mêmes de jouir de votre société, de causer avec vos charmants enfants.

M. DERMONT.

Mais je ne les vois point.

M. GERVILLE.

Ils vont venir.

M. ROSTAN.

Vous paraissez préoccupé, mon ami ; est-ce qu'Antonin vous aurait de nouveau donné quelque sujet de plainte ?

M. GERVILLE.

Oh ! non, non.

M. DERMONT.

Ah ! les voici....

SCÈNE X

M. GERVILLE, M. DORMONT, M. ROSTAN, ANTONIN, JULIEN.

JULIEN, *sautant au cou de MM. Dermont et Rostan.*

Quel bonheur de vous voir, messieurs !

M. DERMONT.

Cher enfant !

M. GERVILLE, *d'un ton grave.*

Antonin, je te dois un dédommagement, une justification éclatante, pour toutes les accusations que j'ai fait peser sur toi, mon fils, sans éprouver de pitié pour tes larmes. Jamais une voix ne s'est élevée au fond de mon âme pour me reprocher mon injustice à ton égard, pour me dire que ce n'était pas toi, Antonin, qui souillait tes lèvres d'odieux mensonges. Trompé par l'apparente franchise de Julien, je le crus trop longtemps innocent ; pardonne-moi, mon enfant, de t'avoir mal jugé, pardonne à ton père.

ANTONIN, *ému.*

Vous pardonner, mon père ! ô Ciel ! que dites-vous là ?

JULIEN, *à part.*

Il sait tout... comment a-t-il découvert ? Je suis perdu.

M. GERVILLE.

Guillaume m'a tout dit, Julien ; votre conduite est affreuse !

JULIEN, *tombant à genoux.*

Mon père ! pardonnez, pardonnez !

M. GERVILLE, *sévèrement.*

Retirez-vous, monsieur, vous avez manqué de cœur ; vous laissiez inculper votre généreux frère ; point de pitié pour le méchant enfant. Retirez-vous, sortez du salon. *A MM. Dermont et Rostan, en montrant Julien :* Et vous, mes amis, qui croyiez aussi à son innocence, voilà le coupable, voilà le menteur, honte sur lui !

ANTONIN, *se jetant à genoux à côté de Julien et l'entourant de ses bras.*

O mon père ! pardonnez-lui, laissez-vous toucher par ses larmes, par son repentir, je me fais garant de sa conduite à venir. Si vous saviez combien de fois je l'ai empêché de se jeter à vos pieds, d'implorer votre pardon. Oh! mon père ! grâce, s'il vous plaît, pour Julien ! Et puisque vous daignez penser qu'il me faut une réparation, je n'en demande pas d'autre que la grâce de mon frère, et je serai aujourd'hui bien heureux.

M. DERMONT.

Quel noble cœur !

M. GERVILLE, *attendri.*

Relève-toi, cher Antonin. Relevez-vous, monsieur, votre conduite décidera comment il me faudra agir envers vous.

JULIEN.

Oh ! j'ai en horreur le mensonge, il m'a causé trop de chagrins et trop de honte. Je ne mentirai plus de ma vie. Et toi, mon bon frère (*il prend la main d'Antonin et l'arrose de ses larmes*), toi, qui as tant souffert pour moi, pourras-tu jamais oublier mon indigne conduite?

ANTONIN.

Tout est oublié, mon cher Julien; je ne me suis jamais souvenu que de mon amour pour toi. *Il l'embrasse.*

M. ROSTAN.

Vous allez, Gerville, devenir le plus heureux des pères.

JULIEN, *à son père.*

Avec quelle ardeur je vais désormais travailler à vous satisfaire en tout. *En montrant Antonin.* Voilà mon guide, mon modèle; en marchant sur ses traces, je suis certain de devenir un bon fils.

ANTONIN.

Nous unirons nos efforts pour éloigner d'ici la
tristesse, et une nouvelle vie va animer notre in-
térieur.

JULIEN.

Oh! je sens bien que moi seul étais un obstacle
à la paix et au bonheur. Mon père, daignez abais-
ser vos regards sur votre fils coupable et repentant,
qui veut s'appliquer désormais à réparer ses torts
et à remplir tous ses devoirs.

M. GERVILLE.

Nous verrons ! *A part* : Dans quelles graves er-
reurs on tombe, en se laissant guider par une
aveugle préférence !

M. ROSTAN.

Mon cher ami, accorde de suite le pardon
tout entier. Je crois que le repentir de Julien
est sincère.

M. DERMONT.

D'ailleurs, Antonin se fait sa caution.

JULIEN.

Non, mon père, je ne suis pas digne de tant
de générosité de votre part. Je ne suis pas
digne de tant d'amitié de la part d'Antonin. At-
tendez que je vous aie prouvé par ma conduite

combien je sens l'énormité de mes torts, et que
je n'ai, je vous le répète, qu'un désir, celui
de les réparer.

M. GERVILLE.

Julien, Antonin, mes enfants!...

ANTONIN.

Mon père, si Julien ne recouvrait pas vos bonnes
grâces, je serais vraiment malheureux; je souf-
frirais autant que lui de ses douleurs, de ses peines
et de la privation de l'amitié du meilleur des pères.
*Il prend la main de Julien, et se jette avec lui
dans les bras de son père.*

M. GERVILLE.

Je ne peux résister plus longtemps. Que le Seigneur vous bénisse, mes enfants, qu'il resserre
de plus en plus les nœuds sacrés qui vous unissent,
et qu'il reçoive ma vive reconnaissance pour une
consolation si grande et si prompte, dans un malheur qui me semblait irréparable! *Il les embrasse
tous deux.*

HENRI

OU

LE JEUNE INSTITUTEUR

PERSONNAGES:

VINCENT, vieux paysan.

HENRI,
GABRIEL, } ses fils.

M. DE ROSAMONT, propriétaire.

GUICHARD, voisin de Vincent.

Grand nombre d'enfants.

La scène se passe dans la chambre de Vincent. Des bancs au-our d'une grande table, sur laquelle sont épars des cahiers et des livres. Des guirlandes de feuilles décorent les murailles de la chaumière. Des couronnes et des livres sur une autre table.

HENRI

OU LE JEUNE INSTITUTEUR

SCÈNE I

GUICHARD, VINCENT.

GUICHARD.

Et dire, père Vincent, que c'est aux efforts inouis
de cet excellent Henri que vous devez le bien-être
dont vous jouissez ! Qui aurait pu penser que cet
enfant, dont la constitution était si frêle et la santé
si débile, cachait sous de si chétifs dehors un si
bon cœur, une si grande âme. Ah ! dame, il est
à cette heure le plus savant du hameau ; il a
tant profité des leçons de M. le curé, qui m'a toujours dit : « Guichard, vous le verrez, Henri fera
plus tard honneur à votre village. »

VINCENT.

Eh bien ! tout ce qu'a fait Henri, prouve qu'une application constante, soutenue par l'esprit de piété, fait triompher de tous les obstacles.

GUICHARD.

Je ne savais assez admirer sa bonne tenue, son assiduité, sa modestie, lorsqu'il allait tous les jours prendre sa leçon au presbytère. Rien que de le voir on était prévenu en sa faveur. Aussi il a toujours été le premier au catéchisme ; et puis, M. le curé lui a mis dans la tête un tas de belles choses, qu'on ne peut plus l'entendre parler sans être tout ébaudi.

VINCENT.

Tu te rappelles bien, Guichard, que quelques-uns de nos petits mauvais sujets se plaisaient à le tourmenter, parce qu'il était trop faible pour leur riposter ; eh bien, le pauvre enfant ne se décourageait point, il opposait le calme et une patience toute chrétienne aux injures dont on l'accablait : « Père ! me disait-il, je tâcherai de me venger plus tard, mais en leur faisant du bien. » Il a tenu parole. Maintenant, Henri est respecté, vénéré, c'est un honneur d'obtenir un éloge ou un sourire de mon Henri. Ah ! voisin, cela me fait tant de joie !...

GUICHARD.

Je le crois bien, être le père d'un enfant si
sage et si savant, c'est un beau titre ça, allez,
le père d'un instituteur ! M. le curé, en fondant son
école, et en en confiant la direction à Henri, a
fait un bien infini à ce village. Que d'enfants
oisifs se perdraient si Henri ne les retenait près
de lui, s'il ne leur enseignait chaque jour, et
par ses exemples et par ses paroles, l'amour de
Dieu, du travail ; si enfin il ne leur communi-
quait ses connaissances ! et dans tout cela, il faut
l'avouer ici, il est encore guidé par le noble sentiment de l'amour filial ; et Dieu l'a béni, puisqu'il
vous a arraché à la misère, et qu'il commence à
vous faire jouir d'une petite aisance.

VINCENT.

Que le Seigneur vous entende, voisin ! C'est aujourd'hui la distribution des prix ; depuis ce matin,
Henri n'a cessé de travailler dans sa classe ; voyez,
c'est lui qui a posé toutes ces guirlandes ; voilà les
couronnes pour ses élèves ; c'est beau tout ça ! Mais
le voici.

SCÈNE II

VINCENT, GUICHARD, HENRI, *un gros livre à la main.*

HENRI.

Bonjour, mon père ; bonjour, M. Guichard.

VINCENT.

Bonjour, Henri.

GUICHARD.

Sois le bienvenu, mon garçon.

HENRI.

Enfin, tout est prêt. C'est à deux heures que doit commencer la cérémonie ; voisin Guichard, je vous prie d'y assister.

GUICHARD.

Par exemple ! le plus souvent que j'y manquerais ; j'ai ce matin jeté ma bêche dans un coin. Dame ! mon garçon, c'est un honneur et un plaisir pour moi. Ne pas te voir dans un si beau jour pour toi, ah bien, oui ! D'ailleurs, M. le curé m'a tant recommandé de n'y pas manquer, et il est lui-même si affligé que son indisposition le prive de la douce satisfaction qu'il éprouve chaque année à pareille circonstance...

HENRI.

Oh ! son absence sera un grand vide. Daigne le Ciel nous conserver longtemps encore notre digne pasteur, le guide, le bienfaiteur de ma jeunesse, le bienfaiteur de ce hameau! C'est encore par sa générosité que je peux donner des récompenses à mes chers élèves. Comme il jouirait de leur bonheur et du mien... Ah! pourquoi Gabriel, mon frère chéri, n'a-t-il point rivalisé d'émulation avec ses compagnons? pourquoi dédaigne-t-il mes soins et ma tendresse?

VINCENT.

Gabriel est un méchant enfant! Je t'en prie, Henri, ne prends pas autant à cœur son inconduite, je t'ai vu souvent répandre des larmes en songeant à ses écarts.

HENRI.

Ah! c'est que je souffre en pensant à l'avenir qu'il se prépare; je souffre en voyant son obstination et son dégoût pour le travail, moi qui aimerais tant à le citer comme un exemple à tous mes jeunes élèves. Mais, loin de là, il ne cesse de troubler l'ordre de la classe; il met la dissension parmi des enfants qui devraient se chérir, se traiter en frères, il sème la jalousie entre eux, la jalousie, ce ver qui ronge le cœur!...

Ah! si vous saviez quelle belle et sainte mission est celle d'un instituteur! L'instituteur consciencieux et chrétien, voyez-vous, n'est autre qu'un père ; ainsi qu'un père, il éprouve pour chacun de ses élèves cette tendre sollicitude qui part du cœur. L'instituteur laisse de côté tout intérêt personnel pour s'attacher de cœur et d'âme aux enfants qui lui sont confiés ; il suit avec joie leurs progrès, il déplore avec amertume l'insouciance, le dégoût, l'indocilité de quelques-uns.

Avec émotion et joignant les mains : O mon Dieu ! faites que mes élèves chéris ne s'écartent jamais de la bonne voie ; inspirez-leur, Seigneur, l'amour du bien, de la vertu, de votre religion sainte ! Que mon frère surtout soit enfin touché de la grâce, et qu'il cesse de payer vos dons, ô mon Dieu, par l'ingratitude et le mépris ! O faites, Seigneur, qu'il commence à comprendre ses devoirs, et je mourrai content en me disant que le passage du pauvre Henri sur la terre n'aura pas été inutile pour celui que j'aime de toute l'affection de mon cœur !

VINCENT.

Calme-toi, Henri.

GUICHARD, *à part.*

Est-il savant ce pauvre petit homme ! comme il jase !

———

SCÈNE III

VINCENT, GUICHARD, HENRI, GABRIEL.

GABRIEL.

Oh ! comme tout est beau ici ; que je suis content, frère ! c'est donc aujourd'hui la distribution des prix ?

HENRI.

Oui, frère, c'est une cérémonie grave et solennelle, un jour où l'instituteur, tel qu'un juge impartial, doit faire taire tout autre sentiment que ceux de l'équité pour récompenser chacun de ses élèves selon son mérite.

VINCENT.

Je te laisse, Henri, je vais terminer quelques affaires pour me trouver à la fête.

GUICHARD.

Je vous suis, voisin.

HENRI.

Soyez exact, je vous prie. *Guichard et Vincent sortent.*

SCÈNE IV

HENRI, GABRIEL.

GABRIEL.

Ah ! je voudrais déjà avoir mes couronnes et mes

livres; tu m'appelleras le premier, n'est-ce pas,
Henri?

HENRI.

Eh! qui t'assure, Gabriel, que tu dois être
récompensé?

GABRIEL.

Bah, ton frère! Ce serait beau, vraiment, si
j'avais l'humiliation de n'avoir ni prix ni couronne.

HENRI.

Je dois, Gabriel, tu le sais bien, juger sans
partialité.

GABRIEL.

D'accord; mais un frère!

HENRI.

En toute autre occasion, tu sais que le sentiment
de l'amour fraternel n'attendrait pas tes sollicita-
tions. Si tu t'étais seulement un peu appliqué à tes
leçons....

GABRIEL.

Eh! que m'importent tes livres et tous les mensonges qu'ils contiennent? Aurai-je un prix, Henri?

HENRI.

Je ne puis trahir ce secret; après la cérémonie,
tu sauras à quoi t'en tenir, mon pauvre Gabriel.

GABRIEL.

Tiens, Henri, avec tout ton savoir, veux-tu

que je te le dise : eh bien! tu n'es qu'un hypo-
crite et....

HENRI.

O Gabriel, je t'en prie, n'arrache pas à ton
frère sa dernière espérance; ne me laisse pas douter de ton cœur. Quoi! frère, tu pourrais être
jaloux du peu de bien que j'ai pu faire! tu pourrais me reprocher la modeste aisance dont je m'efforce de faire jouir notre père! Gabriel, je trouve
des excuses à ton insouciance pour le travail, au
mépris même de mes conseils; mais que tu me
croies coupable d'une lâche hypocrisie, c'est une
idée qui m'est bien dure à supporter. O Gabriel!
si je pouvais te forcer à m'aimer, si tu savais
combien j'ai besoin d'être aimé par toi!

GABRIEL, *ému.*

Pardonne-moi, Henri!... Oh! je fus bien cruel
à ton égard, pardonne.

HENRI, *embrassant Gabriel.*

Tout est oublié, frère; ces bonnes paroles ont
effacé le passé.

GABRIEL.

Ai-je un prix, frère?

HENRI.

Tu le sauras ce soir, Gabriel.

GABRIEL.

Oh! tu es méchant, frère.

HENRI.

Le temps s'écoule, l'heure approche. Va, Gabriel,
va voir si tes camarades se disposent à venir.

GABRIEL.

J'y cours. *Il sort.*

SCÈNE V

HENRI *seul.*

Il n'est point pervers. Ah! s'il pouvait devenir
tel que mon amour le souhaite, ce serait là, Seigneur, la plus douce récompense que vous pourriez
accorder à mes efforts. Mais quel est cet étranger,
que veut-il?

SCÈNE VI

HENRI, M. DE ROSAMONT.

M. DE ROSAMONT.

Assurément, c'est à M. Henri le professeur que
j'ai l'honneur de parler?

HENRI.

Oui, monsieur, c'est moi qui me nomme ainsi.

M. DE ROSAMONT.

Je venais vous demander une grâce.

HENRI.

Une grâce ! parlez, monsieur.

M. DE ROSAMONT.

En arrivant dans ce petit hameau, j'ai ouï dire, ce matin, que vous deviez faire, aujourd'hui même, votre distribution de prix, et j'ai le désir d'assister à cette cérémonie.

HENRI.

C'est un honneur, monsieur, que vous daignez me faire, et je vous remercie de ce désir, que je serai trop heureux de satisfaire.

M. DE ROSAMONT.

Avez-vous beaucoup d'élèves, monsieur ?

HENRI.

Une quarantaine à peu près, monsieur.

M. DE ROSAMONT.

Et c'est vous le premier qui avez conçu l'idée de fonder une école dans ce petit pays ?

HENRI.

Non, monsieur, c'est M. le curé. Le village ne présentait aucune ressource, ni sous le rapport de l'instruction, ni pour les fonds nécessaires au traitement d'un instituteur. M. le curé a jeté les yeux sur moi : il m'a instruit lui-même, et par ses soins

je peux travailler, dans ma petite sphère, au bonheur de mes compatriotes, et subvenir à l'existence
de ma famille ; j'ai trouvé aussi, en utilisant le peu
que j'ai acquis par une constante étude, j'ai trouvé
pour mon compte de bien douces satisfactions,
monsieur.

M. DE ROSAMONT.

Y a-t-il longtemps que vous exercez votre noble
profession ?

HENRI.

Trois ans environ, monsieur.

M. DE ROSAMONT, *tirant sa montre.*

C'est à deux heures, m'a-t-on dit ; je me retire
pour vous laisser libre ; je serai exact au rendez-
vous, vous pouvez y compter. *Il sort.*

SCÈNE VII

HENRI *seul.*

C'est singulier, cet étranger m'embarrassait avec
ses questions ; il faut avouer qu'il est un peu cu-
rieux ; oh ! puissé-je tantôt, devant lui, ne point
succomber à ma timidité !

SCÈNE VIII

HENRI, GABRIEL.

HENRI.

Eh bien ! Gabriel, les élèves sont-ils prêts ?

GABRIEL.

Frère, ils vont arriver à l'instant.

HENRI.

C'est bien.

GABRIEL, *caressant.*

Ah ! Henri, aurai-je un prix ? Dis-moi ?

HENRI.

Tu le sauras tantôt.

SCÈNE IX

HENRI, GABRIEL, GUICHARD, VINCENT, *en habits du dimanche; M. LE MAIRE, M. DE ROSAMONT. Henri les salue et les fait placer convenablement. Tous entrent par ordre, deux à deux ; ils restent debout sur un côté de la scène. Henri se place près de la table, sur laquelle son les couronnes et les prix.*

CHŒUR DES ENFANTS.

Air : *L'encens des fleurs.*

Ah ! quel beau jour, quelle douce espérance !
Un bonheur pur pénètre notre cœur,
En attendant la douce récompense
Que nous promet un sage instituteur.

Jurons ensemble, jurons ici
Reconnaissance à notre digne ami.

(*Moment de silence.*)

HENRI.

Mes chers élèves, j'éprouve aujourd'hui une joie bien vive en vous assurant ici, publiquement, de ma satisfaction. Oui, mes chers élèves, vous avez compris que l'instruction est une chose indispensable, surtout lorsque cette instruction prend tous ses éléments dans la religion, qui devient une source dans laquelle on peut à la fois puiser les vertus solides et modestes qui conviennent à votre position dans le monde.

M. LE MAIRE.

C'est admirable!

HENRI.

Continuez, mes chers élèves, à mettre à profit le temps de la jeunesse, si prompt à nous échapper, afin de ne point vous préparer des regrets tardifs. Si la pauvreté, hélas! vous est échue en partage, ne murmurez pas, mes chers élèves, il dépend de vous seul de vous enrichir d'un bien que rien ne pourra vous enlever. La bonne éducation est ce bien si précieux, et ses résultats sont si avantageux qu'il faut être ennemi de soi-même et de son propre bonheur pour ne pas surmonter avec persévérance les difficultés qu'elle offre au premier abord. Persévérez donc, mes chers élèves, et puissé-je, l'année prochaine et à pareil jour, n'avoir comme aujourd'hui que des félicitations et des louanges à vous adresser, que des couronnes à poser sur vos têtes. *On applaudit.*

M. LE MAIRE.

Bravo ! bravo !

VINCENT, *à part.*

Mon pauvre garçon ! *A Guichard :* Voisin, j'en pleure de joie !·

GUICHARD.

Et moi donc, mon cœur ne fait qu'un bond dans ma poitrine.

GABRIEL, *à part.*

Aurai-je un prix ?

Pendant que Henri prépare les couronnes et les livres, les enfants chantent en chœur :

> Ah! quel beau jour, quelle douce espérance !
> Un bonheur pur pénètre notre cœur,
> En attendant la douce récompense
> Que nous promet un sage instituteur.
> Jurons ensemble, jurons ici
> Reconnaissance à notre digne ami.

Henri fait sa distribution en nommant chaque élève. Chaque fois qu'un élève est couronné, on

applaudit. Lorsque la dernière couronne est donnée,
Gabriel se détache du groupe des enfants et vient se
mettre à genoux aux pieds de Henri.

GABRIEL.

Tu ne m'as point couronné, je n'ai rien eu, moi.
Oh ! pardon, frère, pardon ! l'humiliation que je
viens de subir, humiliation qui n'est que la juste
conséquence de mon odieuse paresse, m'a fait sentir
tout à coup combien je suis indigne d'avoir un frère
tel que toi. Pardonne-moi, Henri, je fus bien coupable envers toi. De ce jour mémorable datera ma
conversion. Pardonne, pardonne !

HENRI, *le relevant.*

Bien, frère ; fort bien ! avouer ainsi hautement
ses torts, c'est vouloir les réparer. Embrasse-moi,
Gabriel. *Avec émotion :* Oh ! maintenant, que
manque-t-il à mon bonheur ?

M. DE ROSAMONT, *s'avançant vers Henri.*

J'ai un désir, monsieur, c'est de l'augmenter
encore. Je vais devenir habitant de votre pays ;
j'ai fait récemment l'acquisition du château de
Montval, depuis si longtemps désert. La santé de
deux fils fort jeunes et fort faibles m'a déterminé à
me fixer à la campagne. Il me fallait un homme de
confiance pour donner à mes enfants l'instruction
convenable à leur âge. Ce dont je suis témoin a fixé

mon choix. M. Henri, dès aujourd'hui, daignez vous regarder comme l'instituteur de mes fils.

HENRI.

O monsieur, je ne suis pas digne de tant d'honneur.

M. DE ROSAMONT.

J'espère que vous ne voudrez pas me refuser le premier service que je réclame dans ce pays, que désormais je regarderai comme le mien.

HENRI.

O monsieur, comment pourrais-je n'être pas confus à la vue de tant de bontés? Mais comment aussi pourrais-je ne pas vous faire connaître toute ma pensée? Je me suis dévoué aux enfants de ce hameau; je n'ai reçu le peu d'instruction que je possède que pour la consacrer à leur utilité. Sans doute, monsieur, ma vie ne pourrait jamais être plus douce et plus paisible que dans votre demeure; mais jamais, non, jamais, je ne pourrai me décider à quitter ces chers enfants.

TOUS LES ÉLÈVES.

O notre bon maître, ne nous abandonnez pas !

GABRIEL.

O mon bon frère, que vais-je devenir si je n'ai plus le bonheur de recevoir vos conseils et vos leçons?

M. DE ROSAMONT.

Mes amis, je n'ai pas paru au milieu de vous pour apporter le trouble et la peine. Oh! non, je ne veux pas vous priver de votre excellent instituteur. Votre attachement pour lui fait votre éloge autant que le sien. A Dieu ne plaise que je vienne rompre des sentiments aussi louables! Nous trouverons moyen de tout concilier, et il ne donnera à mes enfants que ses heures de loisir. Au surplus, lui et moi, avec votre digne curé, avec votre respectable maire, nous nous concerterons pour assurer de plus en plus le bien que nous vous voulons tous, et pour placer votre ami, votre maître, dans la position que doivent lui acquérir son mérite et son dévouement.

TOUS LES ÉLÈVES.

Vive notre digne instituteur! vive notre digne instituteur!

VINCENT.

Mon fils, le Ciel se plaît à récompenser ta vertu.

GABRIEL.

Ah! pour jamais me voilà corrigé.

GUICHARD.

Qui aurait dit que ce petit Henri aurait ainsi fait son chemin?

TOUS LES ÉLÈVES.

Vive à jamais notre digne instituteur !

M. DE ROSAMONT.

Pour célébrer mon arrivée au milieu de vous, mes amis, et pour coopérer pour ma part à la solennité de ce beau jour, je prie M. Henri d'amener demain tous ses élèves au château. Ils pourront prendre leurs ébats dans le parc et goûter une récréation qu'ils ont acquise par leur assiduité au travail.

HENRI.

Monsieur, vous avez trop de bonté pour nous. Quel heureux avenir va s'ouvrir pour ce pauvre hameau, puisqu'il a acquis en vous un protecteur si bon et si généreux.

M. DE ROSAMONT.

Trève aux compliments, M. Henri, je n'ai rien fait encore qui puisse les mériter, et d'après tout ce que je vois, il n'y a que moi qui ai ici le droit de vous en adresser. Continuez, mes amis, à faire le bien ; continuez, M. Henri, à répandre sur ces intéressants enfants les inappréciables bienfaits d'une bonne éducation ; et vous, jeunes élèves, profitez, comme vous l'avez fait jusqu'à ce jour, mieux encore s'il vous est possible, des soins que vous prodigue votre excellent maître. Mes fils ar-

rivent ce soir ; je me fais un véritable plaisir
de les présenter à leur futur instituteur, et à leur
donner, dès les premiers moments de leur séjour
ici, le touchant spectacle d'une jeunesse formée
par lui à l'étude et à la vertu. *Les enfants sortent
les premiers en chantant :*

Ah ! quel beau jour, quelle douce espérance !
Un bonheur pur pénètre notre cœur,
En recevant la douce récompense
Que nous procure un sage instituteur.
Jurons ensemble, jurons ici.
Reconnaissance à notre digne ami.

BASTIEN

ou

L'ENFANT DISSIPÉ

PERSONNAGES :

M. RAVET , propriétaire.

M. MABELLE, instituteur.

NICOT , vieux paysan.

BASTIEN , son fils.

BRIGNOLE , jardinier.

MARGUERY , paysan.

Une vingtaine d'enfants.

—◇—

La scène représente une place de village.

—◇—

BASTIEN

ou

L'ENFANT DISSIPÉ

SCÈNE I

M. MABELLE *seul.*

C'est non loin d'ici que doit être située la chaumière de maître Nicot, ce brave et digne homme ; je vais chez lui pour savoir le sujet qui a empêché, hier, Bastien de se rendre à mon école ; serait-il malade ? Cet enfant m'intéresse vivement ; il y a dans son cœur une foule d'excellentes qualités, mais aussi, il faut l'avouer, il est bien étourdi, bien joueur ; un papillon qüi passe, une mouche qui vole, suffisent pour le détourner de ses de-

voirs, de l'étude. Il se laisse aussi entraîner par
les plus mauvais sujets de l'école ; il a une ardeur
pour le jeu , qui finirait par détruire en lui l'amour
des études et du bien. Oh ! je veillerai sur lui avec
la sollicitude d'un père. Mais le voilà.

SCÈNE II

M. MALBELLE , BASTIEN *portant un tas de livres noués
avec une ficelle.*

M. MALBELLE

Eh, bonjour, mon petit Bastien ; je vois avec
plaisir que tu es exact ce matin à te rendre à
l'école ; hier il n'en fut pas de même : qu'as-
tu fait pendant toute la journée ?

BASTIEN *baissant la tête.*

Hier.... hier... Monsieur Malbelle ?

M. MALBELLE.

Oui, hier , mon ami. Réponds sans crainte ,
je suis plutôt ton ami que ton fuge. Parle, ne
crains rien , mon enfant.

BASTIEN.

Eh bien, hier, j'ai préféré jouer.

M. MALBELLE.

Tu as la franchise de me l'avouer, c'est bien ;
mais ce que je trouve très-mal , c'est ce peu de
goût pour tes devoirs , cette légèreté que tu montres depuis quelque temps dans toute ta conduite.
Eh quoi ! mon enfant , pour des récréations , des
divertissements frivoles , tu sacrifies ton avenir ,
ton bonheur et celui de ta famille , qui place en
toi seul son plus cher espoir ! Dis-moi , Bastien ,
quand tu es de retour de tes excursions, où tu
n'as recuielli que fatigue et déchirures, alors que
se passe-t-il en toi ?.... Ne sens-tu pas , mon enfant , un poids qui oppresse ton cœur ? et lorsque
ta tendre et crédule mère dépose sur ton front un
baiser de satisfaction', ne se glisse-t-il pas un remords dans ton âme ? des pleurs ne roulent-ils pas
dans tes yeux ? n'as-tu point honte et regret de la
tromper ? Dis.

BASTIEN , *ému.*

Oui, monsieur Malbelle, j'ai alors regret de mes
fautes !

M. MALBELLE.

Eh bien ! mon petit Bastien , pourquoi , puisque
tu sens si bien tes torts, ne pas persévérer dans
le louable désir d'être plus sage ? l'habitude que
l'on prend de ne point combattre ses mauvais pen-

chants peut avoir de graves résultats, en ce que
l'on devient faible et vicieux sans y songer. Je te
l'ai dit bien des fois, Bastien, hors de la route de
la religion et de la vertu, il n'y a que des écueils
et d'affreux précipices. Me promets-tu, mon petit
ami, de mieux veiller sur toi-même, afin de ne
plus retomber dans ces fâcheux écarts, que tu dé-
plores toi-même ; me le promets-tu ?

BASTIEN , *pleurant.*

Oh, je vous le promets, monsieur Malbelle.

M. MALBELLE.

Je compte sur ta parole. Je vais faire une visite
pour une affaire, je ne serai pas longtemps ; puis
je me dirigerai vers la classe, ne tarde pas à m'y
rejoindre. *A part :* Cet enfant est sensible ! Oh !
je ne veux point le négliger, je veux qu'il soit un
jour heureux, je veux lui devenir utile. *A Bastien :*
Adieu donc, mon petit ami, à tantôt.

BASTIEN.

Oh ! je me rends de ce pas à l'école. *M. Malbelle sort par la gauche de la scène.*

SCÈNE III

BASTIEN *seul.*

Comme il est bon ! quels tendres témoignages d'intérêt il ne cesse de me donner ! et combien je suis indigne de sa tendresse ! Il veut, m'a-t-il dit l'autre soir en confidence, faire quelque chose de moi. –Ah ! si par sa protection je pouvais arriver à soulager mes bons parents et à leur assurer une heureuse vieillesse ! Quelle joie pénétrerait mon cœur, lorsque je pourrai travailler pour mon père et pour ma bonne mère qui m'aiment tant ! Oh ! que le temps me semble long ! je suis si petit encore, si ignorant surtout... Il me faut de la persévérance, dit M. Malbelle : oh ! j'en aurai ; plus de jeux, plus de camarades ; mes livres, mes devoirs, M. Malbelle l'a dit, voilà le bonheur.

SCÈNE IV.

BASTIEN, UN ENFANT *avec un cerf-volant.*

L'ENFANT, *montrant le cerf-volant.*

Tiens, regarde donc, Bastien, comme il est beau ; oh ! viens le voir voler dans la plaine ; il fait du vent, il touchera les nues ; viens.

BASTIEN.

Laisse-moi, je vais à l'école.

L'ENFANT.

Bah ! l'école ; fais comme moi, n'y va pas, le jeu vaut bien mieux !

SCÈNE V

BASTIEN ; *une nuée d'enfants avec des casques en papier sur leur tête et des bâtons en guise de fusils.*

UN ENFANT, *à Bastien.*

Ah ! te voilà, nous te cherchons partout, Bastien.

BASTIEN.

Moi !

UN ENFANT.

Oui, toi ; sers de général à notre formidable armée.

BASTIEN.

Laissez-moi, tentateurs, je vais aller en classe.

UN ENFANT.

Allons donc, petit philosophe, quitte là tes livres, M. Malbelle n'en saura rien.

BASTIEN.

Je vous dis, moi, qu'il sait tout, M. Malbelle, et il me grondera.

UN ENFANT.

Bah ! poltron; eh bien ! quand il te donnerait quelques férules, quel malheur ! Si tu savais quelle bonne partie ! Nous nous proposons de donner une chasse aux poules et aux canards du père Brignole, tu sais, le vieux jardinier du château, qui craint toujours qu'on lui dévaste son parterre; ah ! je ris encore de sa colère d'hier. A lui seul, ce pauvre vieillard sans force s'imaginait nous vaincre tous ; il me semble encore le voir brandissant son râteau au-desgus de sa tête pour nous effrayer.

UN AUTRE ENFANT.

Et moi, j'entends encore ses eris : « C'est la peste, c'est la grêle, disait-il, que tous ces petits garçons-là. » Ah ! s'il croit en être quitte à si bon marché envers nous.

UN AUTRE ENFANT.

Viens, intrépide Bastien, mets-toi à la tête de notre bataillon, tu vas être notre général !

UN AUTRE ENFANT, *lui posant sur la tête un casque de papier orné d'une grosse plume de paon.*

Tiens, sois notre chef, et en avant, marchons ! allons démolir la citadelle.

BASTIEN, *saisissant un bâton qu'on lui présente ; ses livres tombent par terre.*

En avant donc, au combat, marchons ! *Ils dé-*

filent tous deux à deux par la droite ; Marguery entre par la gauche.

⋙⋘

SCÈNE VI

MARGUERY *seul.*

Pauvre Nicot, ça me fend le cœur, moi, et dire que je ne puis l'aider dans sa misère. Il faut avouer que s'il y a des gens qui sont humains, il y en a aussi qui oublient d'être compatissants. Mettre à la porte un si digne et si brave homme, et cela parce qu'il lui manque quelques piastres pour payer le loyer de sa barraque ! Oh ! oh ! il n'y a pas de cœur au fond de sa poitrine. Voir pleurer toute une famille, le père, la mère, et les petits enfants, sans que son âme soit émue ; c'est fini, M. Ravet est un homme dur et barbare ! A cette heure, je n'ai plus d'espoir qu'en M. Malbelle ; il est si bon, lui ! peut-être obtiendra-t-il un délai pour Nicot ; je vais de ce pas tout lui conter. *Se retournant et apercevant les livres :* Tiens ; des livres ! *Les feuilletant :* Je n'y connais rien, moi ; du blanc et puis du noir. C'est malheureux d'être si ignorant ; et cependant, dans mon jeune âge, quand je n'étais qu'un moutard, si j'eusse écouté les sages avis de

mes parents, je ne rougirais pas aujourd'hui de
mon ignorance. Au lieu de suer en bêchant la vigne,
j'aurais un bel emploi, j'aurais fait un bel esprit ;
mais les enfants, ils passent leur jeunesse à jouer,
et puis, quand ils sont hommes, quand ils sont
vieux, ils gémissent et regrettent un temps mal
employé. Mais je reste là à *philosopher ;* courons
chez M. Malbelle. Nicot ! Nicot ! puissé-je réussir !
Il sort par la gauche, en portant les livres, et Bri-
gnole entre par la droite.

SCENE VII

BRIGNOLE *seul.*

Ah ! les méchants garnements ! je suis exas-
péré !... Mais ça ne se conçoit pas ; c'est comme
une nuée de sauterelles tombant sur un champ de
blé ! Dévaster ainsi mon parterre, effrayer tous mes
animaux ! Ah ! les coquins, pour le coup ils ont
poussé ma patience à bout, et je crois que j'en ai
blessé plusieurs ; ils n'y reviendront plus, je l'espère. Ah ! pensaient-ils peut-être, il est vieux ;
mais le vieux a de la force encore, de vigoureux
poignets. Oh ! voilà un de mes fuyards, c'est un soldat blessé ; eh bien ! on l'enverra aux Invalides !

SCÈNE VIII

BRIGNOLE, BASTIEN, *la tête enveloppée d'une bande.*

BASTIEN, *pleurant sans voir Brignole.*

Hi, hi, hi! que je suis malheureux, comme je souffre. Hi, hi, hi! que dira M. Malbelle... mes livres perdus.... *Cherchant :* Ils ne sont plus là.... perdus à jamais! *Apercevant Brignole :* Méchant homme, voyez le mal que vous m'avez fait ; vous êtes bien content, n'est-ce pas? Vous pouviez me tuer?

BRIGNOLE, *à part.*

C'est le petit de mon compère Nicot ; je suis fâché que mes coups soient tombés sur lui, mais dans la mêlée on n'y voit pas. *Haut :* Et vous, Bastien, n'avez-vous pas de honte de vous mettre en tête d'un tas de petits vagabonds, pour tourmenter un homme paisible qui ne vous cherchait point? Oui, je pouvais vous faire beaucoup de mal, c'est vrai, car je tapais dru et fort ; mais lequel de nous deux, Bastien, aurait été le coupable, si ce malheur fût arrivé ?

BASTIEN.

Taper avec un gros râteau, oh! c'est affreux. Hi, hi, mes livres perdus... mon pauvre père.... M. Malbelle... Ah! je suis bien coupable!

BRIGNOLE.

Oui, Bastien, ce n'est pas beau ce que vous avez fait là; vous, le fils d'un homme si estimé, si vertueux, aller sans cesse avec des petits bandits. Ah! Bastien, que cela vous serve de leçon, mon enfant!

BASTIEN.

Oh! je souffre horriblement. Voyez, le sang coule je crois; ô Ciel! est-ce qu'il me manquerait une oreille? *Il relève sa bande.* Voyez, voyez; ah! sans le secours d'une femme charitable, j'aurais perdu tout mon sang. Ai-je mon oreille?

BRIGNOLE, *souriant.*

Oui, mon enfant, vous les avez toutes deux. Je suis fâché, Bastien, que vous soyez devenu la victime de ma juste colère, parce que, voyez-vous, j'estime et j'aime votre père, et pour lui... j'en suis bien affligé!

BASTIEN.

Ma mère! mon père! je n'oserai plus reparaître devant eux, et en cet état; je vais mourir ici, moi. Hi, hi, hi!

BRIGNOLE.

Venez, Bastien, je vous conduirai chez vous, j'expliquerai tout, je demanderai votre grâce.

BASTIEN.

Allez , allez , M. Brignole , à coup sûr je ne vous suivrai pas. Je ne sais que devenir. *A part :* Mes livres , mes livres. Ah ! M. Malbelle , je suis bien indigne de votre amitié. *Il pleure.*

BRIGNOLE , *à part.*

Et dire qu'à voir , à entendre un petit garçon seul, c'est un ange ; avec les autres, tous ensemble, c'est une troupe de petits démons. Pauvre Bastien ! il n'est pas méchant ; puis , je l'aime ; je cours prévenir son père. *Il sort.*

SCÈNE XI

BASTIEN *seul.*

Ah ! Seigneur, Seigneur, ayez pitié de moi ! Perdre ainsi mes livres..... et mon père qui a eu de la peine à amasser l'argent pour me les acheter ! Il me faudra donc renoncer aux études , rester ignorant toute ma vie ? comment oser dire à M. Malbelle : « Malgré vos sages recommandations et mes promesses , j'ai joué encore au lieu d'aller à l'école, j'ai perdu mes livres ; je vous ai désobéi. » Oh ! plutôt mourir là, tout seul , de mes blessures , de mon repentir. Ah ! *Ecoutant :* Quelqu'un par ici, cachons-nous. *Il se blottit derrière une grosse pierre.*

SCÈNE X

MARGUERY, NICOT, BASTIEN *caché.*

NICOT.

Oui, mon ami, c'est ainsi que je te l'ai dit ; je suis un homme perdu sans ressources ; le propriétaire ne veut rien entendre. De l'argent ! il me faut de l'argent ! voilà ce qu'il me répond, il ne sort pas de là.

MARGUERY.

Quel cœur impitoyable ! Je ne puis rien t'avancer, mon pauvre Nicot. Oh ! ça ne se conçoit pas ; pour la bagatelle de trente francs, désoler, désespérer toute une famille.

NICOT.

Après tout, Marguery, cet homme est dans son droit en exigeant son dû ; je suis malheureux, voilà tout.

BASTIEN, *à part.*

Qu'entends-je ? j'ignorais tout cela. Mon père !

NICOT.

Et c'est Bastien qui est la cause innocente de ce malheur. Figure-toi, Marguery, que j'avais amassé une somme de vingt francs ; je la destinais à mon loyer, lorsque M. Malbelle me demanda des livres utiles pour l'instruction de Bastien. Oh ! pour tout le bien du monde je n'aurais pas voulu empêcher ce cher enfant de s'instruire. Bastien eut donc ses livres, c'est ce qui est cause....

BASTIEN, *à part.*

Misérable que je suis, ils sont perdus !

MARGUERY.

Et c'est ce soir que tu es obligé de quitter ta maison ? et où iras-tu ?

NICOT.

Le sais-je, hélas ? sur le chemin, en plein air ; je n'ai que cet asile.

MARGUERY.

Tout espoir n'est pas perdu, Nicot, j'ai tout conté à M. Malbelle lui-même, et d'après l'intérêt qu'il te porte, j'espère qu'il arrangera tout ; mais il paraissait fâché ; Bastien n'était pas à l'école, et je ne sais si son absence d'aujourd'hui et le mécontentement que cela cause à M. Malbelle ne te seront pas funestes.

NICOT.

Ah! Marguery, qu'as-tu fait? Ami trop zélé,
qu'as-tu fait? Oh! M. Malbelle était le dernier auquel j'aurais dû m'adresser; j'ai déjà reçu de lui
tant de bienfaits. L'importuner encore! Qu'as-tu
fait? qu'as-tu fait?

MARGUERY.

Je t'ai vu si affligé. Oh! je t'en prie, ne te
désole pas ainsi.

NICOT.

Je te le demande : est-ce bien, cela? Et parce
qu'un homme est bon et charitable, faut-il toujours
l'accabler de demandes? Ah! Bastien, Bastien. Oh!
je suis bien malheureux.

BASTIEN, *à part.*

Je n'y tiens plus.

MARGUERY.

Tiens, voilà notre homme.

NICOT.

M. Ravet, juste Ciel!

SCÈNE XI

NICOT, MARGUERY. M. RAVET, BASTIEN *toujours caché.*

M. RAVET.

Le temps se passe, Nicot ; vous êtes-vous procuré l'argent que vous me devez ?

NICOT.

Monsieur, monsieur, ayez pitié de moi, de ma famille ; je suis un honnête homme, tout le pays vous le dira ; la récolte a manqué cette année, ma femme a été malade, monsieur ; daignez m'accorder un petit délai, je vous paierai.

M. RAVET.

Tout cela est bon, Nicot ; mais je ne me paie point de promesses ; j'ai besoin aussi, moi ; vous ne connaissez pas mes affaires, rien ne m'oblige à vous les dire. Je ne puis attendre plus long-temps, il me faut mon argent, sinon, videz, videz le local.

NICOT.

O Seigneur ! Seigneur ! venez à mon secours, puisque les hommes demeurent sourds à mes prières.

BASTIEN, *s'élançant aux pieds de son père.*

Père, père ! oh ! grâce, pardon !

NICOT.

O Ciel ! Bastien blessé. Oh ! qu'as-tu , mon enfant? O Seigneur! vous m'envoyez de bien dures épreuves.

BASTIEN.

Calmez-vous , je n'ai rien , c'est une égratignure. *Se tournant vers M. Ravet :* Ah ! monsieur, les larmes d'un enfant, sa profonde douleur ne pourront-elles point toucher votre âme ; ne chassez pas mon père de chez vous ; où voulez-vous qu'il aille, monsieur ? C'est à l'achat de livres pour moi qu'il a employé l'argent qui vous était destiné ; eh bien ! j'acquitterai sa dette : vous le voyez, il le faut, je le dois. Allez, j'ai de la force, du courage, quoique je sois bien petit , bien jeune. Vous avez besoin, m'a-t-on dit, d'un gardeur de moutons, de vaches ; eh bien , je renonce aux études, je ne serai pas un savant, mais je serai un homme utile, utile à mon père, c'est mon devoir. *Ici M. Malbelle paraît et reste dans le fond à écouter.* Prenez-moi, je me donne à vous, je vous servirai bien , vous serez content de moi. En deux mois de travail, mon père sera libéré. Oh ! dites, le voulez-vous ? Dites donc oui, dites que vous acceptez, et partons, partons !

NICOT, à part.

Cher enfant, quel noble dévouement !

MARGUERY.

Ce petit Bastien m'attendrit.

<h1 style="text-align:center">SCÈNE XII</h1>

NICOT, MARGUERY, M. RAVET, BASTIEN,
M. MALBELLE.

M. MALBELLE, à Bastien.

Et moi, je vous défends de partir, Bastien.

BASTIEN, à part.

Ciel ! il était là ; il a tout entendu.

M. MALBELLE.

Bastien, votre conduite est affreuse, et ne mériterait aucun pardon, sans l'élan généreux que vous venez de montrer. Voyez, malheureux enfant, dans quel état vous êtes ; voyez, vous êtes blessé ; voyez votre père accablé par la douleur, sans

compter l'affliction que vous portez à mon cœur.
Brignole m'a tout dit ; je sais tout. Qu'avez-vous
fait de vos livres? Ils sont perdus. Oui, vos livres
sont perdus! Des livres dont l'achat réduit votre
père à quitter un toit qui l'abritait depuis vingt
ans. Ah! malheureux! l'oubli du devoir entraîne
une foule de malheurs.

BASTIEN, *aux pieds de M. Malbelle.*

Oh! je suis coupable, et c'est pour me punir
de mes fautes que je veux m'éloigner à jamais de
vous, de mon père, de vous deux que j'aime
d'une égale tendresse. *A M. Ravet* : Oh! emmenez-
moi, monsieur, je suis indigne de leurs bontés ?

M. MALBELLE, *bas à M. Ravet.*

Le prix de la location de Nicot est chez vous,
monsieur.

M. RAVET, *à M. Malbelle.*

C'est bien. *A Bastien* : Je n'ai que faire de toi,
mon pauvre garçon.

BASTIEN.

O mon Dieu! tout le monde me repousse; la
leçon est dure, mais j'en profiterai. *Tombant aux
pieds de M. Malbelle* : Oh! pardonnez-moi, mon-

sieur ; que j'emporte au moins en fuyant votre pardon, votre amitié ; allez, je n'en suis pas indigne, je me repens, oui, je suis repentant, humilié ; grâce ! oh ! grâce, pardonnez au pécheur repentant, je vous promets de ne plus affliger votre cœur.

M. MALBELLE, *ému*.

Eh bien, je crois à ton repentir, Bastien, relève-toi, je pardonne. Mais songe bien que c'est pour la dernière fois., Vois, en un jour, que de douleurs t'ont assailli ; vois, mon enfant, combien un seul écart peut entraîner de graves conséquences ; tu m'as affligé, tu as perdu tes livres, tu as redoublé le chagrin de ton pauvre père, et tout cela, mon ami, pour suivre de méchants enfants, indisciplinables, qui exposaient ta vie, sans compter qu'ils finiraient par t'égarer de la vraie route, et que, suivant leurs mauvais principes, tu serais à jamais perdu pour ce monde et pour l'autre.

BASTIEN.

Oh ! c'est fini, je ne le suivrai de ma vie ! Comment pourrais-je réparer mes torts ? Repoussé de tout le monde, sans appui, sans asile, sans moyen de venir en aide à mon bon père, si malheureux par ma faute.

NICOT.

Mon cher enfant, ton repentir me touche, Dieu aura pitié de nous; il me reste deux bras pour travailler; le peu que je gagnerai, je le partagerai avec toi.

BASTIEN.

O mon bon père! je suis indigne de vous donner ce doux nom. Si du moins je pouvais retrouver mes livres, acquis au prix de tant de sueurs, avec quelle ardeur je m'appliquerais désormais à l'étude !

MARGUERY.

Vos livres, je les ai; ils sont à la maison.

BASTIEN.

Ah! quel bonheur inattendu! Marguery, c'est bien cruel de ne pas m'avoir dit cela plus tôt. Ah! je réparerai mes torts; j'étudierai tant, que je pourrai bientôt soulager mon bon père.

M. RAVET, à *Nicot.*

Nicot, M. Malbelle a payé votre dette, vous pouvez rester en paix chez vous.

NICOT.

Qu'entends-je? Ah! monsieur, que de bontés!... ma reconnaissance....

M. MALBELLE.

Faire le bien quand on le peut, c'est une douce satisfaction pour soi ; la véritable récompense est là-haut.

CHARLES

ou

L'ENFANT JALOUX

11

PERSONNAGES:

M. DE SANCY.

CHARLES, } ses fils.
FÉLIX,

M. LAMBERT , instituteur.

PIERRE , vieux domestique.

Dix enfants invités.

◇

La scène représente un salon de campagne. Une table , sur laquelle sont des rôtis, recouverte d'une nappe ; une bibliothèque
remplie de livres ; portes au fond ; portes latérales.

◇

CHARLES

OU L'ENFANT JALOUX

SCÈNE I

M. DE SANCY *seul.*

C'est aujourd'hui l'aniversaire de la naissance de mon Félix ; j'ai invité pour célébrer cette fête ses meilleurs amis. Ce cher enfant, il ne cesse de combler mon cœur de satisfaction, n'est-il pas juste de le récompenser ? Comme il sera joyeux , au milieu de ses jeunes compagnons, en leur montrant sa bibliothèque, qui renferme de si beaux livres ! Il ne l'a point vue encore , elle va lui causer une

agréable surprise ; et puis ce déjeuner , dont il fera
les honneurs ! Ah ! si l'aspect du bonheur que Félix
me procure pouvait opérer un salutaire changement
dans le caractère de Charles , s'il pouvait enfin
comprendre qu'un père attend ses plus douces
jouissances de ses enfants, de leur vertu , de leu
sagesse ! mais, hélas ! Charles est jaloux, jaloux
de ma tendresse pour Félix. Que ne cherche-t-il
plutôt à mériter des encouragements et des récompenses par sa bonne conduite ? Mais non, il me
faut user envers lui de sévérité, il me faut lui adresser des reproches, lorsque, réunis près de moi ,
j'aimerais tant à les presser tous deux sur mon
cœur. Mais , avant le déjeuner, il me faut donner
quelques ordres. *Il sort.*

SCÈNE II

CHARLES *seul.*

Ah ! mon père est sorti ; bon , je puis exécuter
mon projet... Ah ! M. Félix , je ne pourrais être le
témoin de votre triomphe pendant tout le jour ; un
déjeuner, une bibliothèque, tout cela pour lui...
et moi, rien... L'entendre louer devant nos amis !
Oh ! non, non, je troublerai cette fête par mon ab-

sence ; elle sera sans gaieté , car Félix m'aime , ils
m'aiment tous ici ; mon père sera désolé de ma
fuite, l'on me cherchera partout , et je serai bien
loin ; je vais emporter de quoi manger. Ah ! la
bonne pensée, une pièce de volaille , par exemple ,
oui, c'est ça. *Il lève la nappe et prend une dinde.*
Ah ! j'entends la voix de mon père , il est avec son
cher Félix ; passons par là , afin de ne pas le ren-
contrer. *Il sort emportant la dinde dans son mou-
choir.*

SCÈNE III

M. DE SÀNCY , FÉLIX.

M. DE SANCY.

Tiens, Félix, le voilà ce cadeau que je te réser-
vais en récompense de ta bonne conduite.

FÉLIX.

O mon père, c'est trop de bonté ; combien je
suis heureux et reconnaissant !...

M. DE SANCY.

Tes amis sont prévenus , ils vont arriver.

FÉLIX.

Quelle heureuse journée !

SCÈNE IV

M. DE SANCY, FÉLIX, LES ENFANTS INVITÉS.

UN ENFANT.

Fidèles à votre bienveillante recommandation, monsieur, nous voilà. C'est donc ton anniversaire que nous allons célébrer, mon cher Félix.

FÉLIX.

Oui, mes amis; voyez combien mon père est bon pour moi, voyez cette charmante bibliothèque, tous ces beaux livres richement reliés! *Tous les enfants feuillettent les livres.*

UN ENFANT.

Nos meilleurs auteurs de morale et de religion! que tu es heureux de posséder ce trésor!

SCÈNE V

M. DE SANCY, FÉLIX, LES ENFANTS INVITÉS, PIERRE.

PIERRE.

Faut-il mettre la table, monsieur?

M. DE SANCY.

Oui, Pierre; car la course matinale qu'ils ont

faite doit avoir excité l'appétit de mes jeunes con-
vives.

PIERRE.

Et M. Charles n'est point là ?

UN ENFANT.

C'est vrai : je ne m'étais pas aperçu de son absence.

UN AUTRE ENFANT, *à part.*

Il est si taquin, si querelleur, si jaloux ! je n'en
suis pas fâché, moi.

M. DE SANCY.

Il est pourtant prévenu de l'heure du déjeuner :
tu l'avertiras, Pierre.

PIERRE, *après avoir posé la table au milieu du salon.*

Je cours le chercher. *Il sort.*

SCÈNE VI

M. DE SANCY, FÉLIX, LES ENFANTS INVITÉS.

M. DE SANCY.

Allons, mes enfants, mettons-nous à table. *Ils*

s'asseient tous. Mais je ne vois pas la dinde... Pierre
a sans doute oublié...

SCÈNE VII

M. DE SANCY, FÉLIX, LES ENFANTS INVITÉS,
PIERRE.

PIERRE.

M. Charles n'est nulle part, monsieur.

FÉLIX.

Oh! nous ne pouvons déjeuner sans mon frère.

M. DE SANCY.

Tu as oublié la dinde, Pierre, va donc la chercher.

PIERRE.

La dinde! Que dites-vous là, monsieur? mais je
l'avais mise sur la table avec le reste; tenez, voilà
bien le plat; mais il est vide; je vous assure, monsieur, que je l'ai apportée sur la table.

M. DE SANCY.

Eh bien, elle n'y est plus! *A part :* Serait-ce
Charles? Oh! mais cela n'est pas possible... tant
d'impudence!

UN ENFANT.

Oh ! il y a tant d'autres choses; nous nous passe-
rons bien de la dinde.

UN AUTRE ENFANT.

Il ne faut pas que la perte d'une dinde nous fasse
aussi perdre notre gaieté.

FÉLIX.

Oh ! moi, c'est l'absence de Charles qui m'af-
flige ; voulez-vous me permettre, mon père, d'aller
le chercher?

M. DE SANCY.

Reste, mon enfant; Charles était prévenu, tant
pis pour lui.

PIERRE.

Moi, je n'en reviens pas, de cette dinde enlevée;
le chat n'aurait pas précisément pris la plus grosse
pièce, et les perdreaux, qui sont là sur le bord de
la table, auraient bien mieux fait son affaire. D'ailleurs, j'avais eu soin de fermer la porte.

M. DE SANCY.

Sois tranquille, Pierre ; je soupçonne quel peut
être le chat.

PIERRE.

Moi, je m'y perds.

UN ENFANT.

Et moi, je trouve le déjeuner excellent sans la dinde. A la santé de notre cher Félix !

UN AUTRE ENFANT.

Oui, buvons tous à sa santé !

UN AUTRE.

Puisses-tu, Félix, nous réunir dans cinquante ans d'ici, pour célébrer ton anniversaire !

FÉLIX.

Merci, mes amis, de vos bons souhaits !

SCÈNE VIII

M. DE SANCY, FÉLIX, LES ENFANTS INVITÉS, PIERRE, M. LAMBERT.

M. DE SANCY.

Ah ! voici M. Lambert.

FÉLIX.

C'est notre digne instituteur.

M. LAMBERT.

Pardonnez-moi, monsieur, de vous déranger au

milieu d'une fête chère à votre cœur, et surtout
pour vous demander la grâce d'un coupable. Oh !
il ne retombera plus dans ses fautes.

M. DE SANCY.

Un coupable... je devine.

FÉLIX, *à part.*

O Ciel ! serait-ce Charles ?

M. LAMBERT.

Aujourd'hui, jeudi, dégagé de tout soin de ma
classe, j'étais allé me promener. Tout à coup
s'offre à moi une bande d'enfants du hameau ; ils
jouaient, comme de petits vagabonds, en se lan-
çant des pierres ; ce jeu finit bientôt par dégénérer
en querelles, et quelques-uns tombèrent sous les
coups de leurs compagnons ; j'approche, car mon
intervention me semblait nécessaire, et jugez de
ma surprise, en voyant parmi ces enfants in-
disciplinés un de mes élèves, votre fils, monsieur !

TOUS.

Charles !

FÉLIX.

Mon frère ! ô Ciel !

M. DE SANCY.

Malheureux enfant !

M. LAMBERT.

, Oui, votre fils, monsieur; autour de ces enfants
étaient les débris d'une volaille.

PIERRE, *à part.*

Ah ! c'était le chat dont parlait monsieur.

UN ENFANT, *à part.*

Ah, ah, ah ! c'était notre dinde assurément.

M. LAMBERT.

M. Charles, après avoir partagé sa volaille avec
cette troupe joyeuse, à laquelle il s'était si témérairement adjoint pour se distraire, était subite-
ment devenu la victime de ces petits polissons ; il
était couché sur l'herbe, et le sang coulait d'une
blessure que lui avait faite une pierre.

M. DE SANCY.

Que dites-vous? il est blessé.... achevez, monsieur.

M. LAMBERT.

Oh ! fort légèrement, je vous assure ; ce n'est
presque plus rien, et c'est au milieu de ses sanglots et de son repentir qu'il m'a avoué ses torts.

Il a appris aujourd'hui, par expérience, ce qu'il peut en coûter lorsque l'on est assez faible pour suivre une mauvaise inspiration, lorsque enfin l'on s'écarte du devoir ; il avoue hautement une injuste jalousie contre un frère vertueux et qui l'aime ; il sent que Dieu l'a puni, et il n'aspire plus qu'au bonheur de lui demander pardon et de le serrer contre son cœur.

FÉLIX.

Ah! qu'il se jette dans mes bras ; cher et bien-aimé Charles! Mon père, mon père, daignez lui pardonner !

M. LAMBERT,

Je me joins à M. Félix pour implorer sa grâce ; il est si malheureux, si repentant !

M. DE SANCY.

Qu'il vienne, je lui pardonne.

SCÈNE IX

M. DE SANCY, FÉLIX, LES ENFANTS INVITÉS, PIERRE, M. LAMBERT, CHARLES.

CHARLES, *tombant à genoux auprès de M. de Sancy.*

J'étais à la porte, j'ai tout entendu ; oh! merci, merci, mon généreux père. *Se précipitant au cou de Félix :* Ah ! plus de jalousie, frère ; je chercherai à t'imiter.

M. DE SANCY.

Et alors, mon enfant, j'espère célébrer ton anniversaire, comme nous célébrons aujourd'hui celui de Félix.

L'ÉPÉE

PERSONNAGES :

M. RONVAL.

HENRI,
AUGUSTE, } ses fils.

RENAUD aîné.

RENAUD cadet.

DUPRÉ aîné.

DUPRÉ cadet.

CHAMPAGNE , domestique.

L'ÉPÉE [1]

SCÈNE I

AUGUSTE seul.

Ah ! c'est aujourd'hui ma fête ! cela me vaudra
encore quelque chose de mon papa. Il faudra que
je joue bien mon rôle pour qu'il soit généreux.
Champagne avait quelque chose sous son habit,
lorsqu'il est rentré tout à l'heure. Ah ! s'il ne
fallait pas aujourd'hui faire mon personnage, je
lui aurais bien fait montrer de force ce qu'il

[1] Cette petite pièce de Berquin a été modifiée de manière
à pouvoir être représentée sans inconvénient dans les pen-
sionnats.

12

portait. Mais, chut, je vais le savoir ; voici mou papa.

⋘⋙

SCÈNE II

M. RONVÁL, *tenant à la main une épée avec un ceinturon*, AUGUSTE.

M. RONVAL.

Te voilà, Auguste ; j'ai déjà eu le plaisir de t'annoncer ta fête ; mais ce n'est pas assez, n'est-ce pas ?

AUGUSTE.

Oh ! mon papa. Mais qu'avez-vous donc à la main ?

M. RONVAL.

Quelque chose que tu désires depuis longtemps. Une épée, vois-tu ?

AUGUSTE.

Quoi, c'est pour moi ? Oh ! donnez, donnez, mon père ; je veux être à l'avenir si obéissant, si appliqué...

M. RONVAL.

C'est dans l'espoir que tu tiendras enfin tes promesses, que je te la donne.

AUGUSTE.

Quel bonheur ! mes petits camarades auront maintenant une haute opinion de moi.

M. RONVAL.

Défie-toi de ton orgueil, Auguste, et songe que je demande de toi de bonnes manières envers tes camarades et tes inférieurs ; autrement, tu serais indigne du présent que je te fais. Voici ton épée ; mais souviens-toi....

AUGUSTE.

Oh ! je n'oublierai pas toutes vos recommandations, vous verrez. *M. Ronval l'aide à ceindre l'épée.*

M. RONVAL.

Allons, cela te va à merveille. Je viens de faire inviter ta petite société. Songe à te bien comporter.

SCÈNE III

AUGUSTE *seul. Il se promène avec gravité, et regarde de temps en temps derrière lui pour s'assurer si son épée le suit.*

Bon ! je peux passer maintenant pour un chevalier. Que ces messieurs viennent, ils sauront à qui ils ont à faire. Plus de familiarité avec moi ;

et s'ils le prennent de travers, allons, flamberge au vent ! Voyons d'abord si elle a une bonne lame. *Il tire son épée et prend un air terrible.* Je crois que tu te moques de moi, mon petit faquin. Allons, en garde. Une, deux ! Ah ! tu veux te défendre ? je vais t'enseigner comment on mord la poussière.

SCÈNE IV

AUGUSTE, HENRI.

HENRI, *qui a entendu les derniers mots, pousse un cri.*

Eh bien ! Auguste, es-tu fou ?

AUGUSTE.

C'est toi, mon frère ?

HENRI.

Oui, comme tu vois. Mais que fais-tu de cet outil-là ?

AUGUSTE.

Ce que j'en fais ? ce qu'un homme de cœur doit en faire.

HENRI.

Et quel est celui que tu veux renvoyer de ce monde ?

AUGUSTE.

Le premier qui s'avisera de croiser mon chemin.

HENRI.

Il est bon de prendre le large.... Voilà bien des vies en danger.

AUGUSTE.

Ne raille pas, Henri, je ne te le conseille pas. Je saurai me faire respecter....

HENRI.

Et tu voudras bien m'enseigner ce qu'il faut faire pour se conduire respectueusement envers toi ?

AUGUSTE.

D'abord, j'exige qu'on me fasse de profonds saluts.

HENRI, *lui faisant d'un air moqueur une révérence jusqu'à terre.*

Votre serviteur très-humble, monseigneur mon frère.

AUGUSTE.

Point de moquerie, Henri, s'il te plaît...

HENRI.

Comment oserait-on se moquer d'un si grand personnage ?... Il faudra avoir soin d'avertir nos petits amis.

AUGUSTE.

Sois tranquille, je m'en charge. Je saurai bien
mettre ces petits drôles à la raison.

HENRI.

Je vois bien que désormais tout le monde devra
baisser pavillon devant toi. Mais, Auguste, il
manque quelque chose de fort essentiel à l'orne-
ment de ton épée.

AUGUSTE.

Eh! quoi donc? *Il détache son ceinturon et regarde l'épée de tous les côtés.* Je ne vois pas qu'il
y manque quelque chose.

HENRI.

Oh! tu es un habile chevalier. Et une rosette!
Ah! comme un nœud bleu et argent irait bien sur
cette poignée!

AUGUSTE.

Tu as raison. Oh! si j'avais un beau nœud!

HENRI.

Veux-tu que je me charge de le demander à
maman?

AUGUSTE.

Ce serait joli de ta part.

HENRI.

Pourvu qu'en récompense tu ne me portes pas
quelque coup d'estramaçon.

AUGUSTE.

Allons donc; voici ma main, tope là. Mais vite, un nœud magnifique. Quand nos petits mirmidons arriveront, je veux qu'ils me trouvent dans toute ma gloire.

HENRI.

Donne, j'y cours.

AUGUSTE, *lui donnant son épée.*

Tiens, la voici; dépêche-toi. Tu la mettras dans ma chambre, sur la table, pour que je la trouve au besoin.

SCÈNE V

AUGUSTE, HENRI, CHAMPAGNE.

CHAMPAGNE.

Les deux messieurs Dupré et les deux messieurs Renaud sont en bas.

AUGUSTE.

Qu'ils montent.

CHAMPAGNE.

Madame votre mère m'a ordonné de vous dire de les venir joindre.

AUGUSTE.

Ils valent bien la peine de tant de cérémonies. Mais ce n'est pas le moment de désobéir. *A Henri :*

Et toi, que fais-tu là? et mon nœud d'épée? Va,
cours, et que je la trouve tout arrangée sur ma
table. *Il sort avec Champagne.*

SCÈNE VI

HENRI *seul.*

Par bonheur, j'ai l'épée. J'ai cru, pour un moment, qu'il allait enfiler son très-cher frère. Mon
pauvre Auguste, si mon père te savait aussi hau-
tain et aussi querelleur, il ne t'aurait pas fait un
présent aussi dangereux. Il faut que j'aille l'avertir... Ah! le voici.

SCÈNE VII

M. RONVAL, HENRI.

HENRI.

Mon papa, je courais vous chercher.

M. RONVAL.

Qu'as-tu donc de si pressé à me dire?... Mais
que fais-tu de l'épée de ton frère?

HENRI.

Je lui ai promis d'y mettre un beau nœud,
mais c'était pour la lui tirer des mains. Oh! je
vous en prie, ne la lui rendez pas.

M. RONVAL.

Pourquoi reprendrais-je un cadeau que je lui ai fait ?

HENRI.

C'est qu'il est si turbulent. Je l'ai trouvé ici, comme don Quichotte, s'escrimant tout seul d'estoc et de taille, et menaçant de faire ses premières armes contre ses camarades qui viennent le voir.

M. RONVAL.

Le petit écervelé ! S'il veut s'en servir pour ses premiers exploits, ils ne tourneront pas à sa gloire. Donnez-moi cette épée.

HENRI, *lui donnant l'épée.*

La voici, je l'entends sur l'escalier.

M. RONVAL.

Sortons ensemble.

SCÈNE VIII

AUGUSTE, les deux DUPRÉ, les deux RENAUD. *Auguste entre le premier, le chapeau sur la tête ; les autres marchent derrière lui la tête découverte.*

DUPRÉ AÎNÉ, *bas à Renaud aîné.*

Voilà une réception bien polie.

RENAUD AÎNÉ.

C'est probablement la mode aujourd'hui.

AUGUSTE.

Que bredouilles-tu là?

DUPRÉ.

Ce n'est pas à vous que je parlais.

AUGUSTE.

Est-ce quelque chose que je ne peux entendre ?

RENAUD AÎNÉ.

Cela pourrait être.

AUGUSTE.

Eh bien ! je veux le savoir.

RENAUD AÎNÉ.

Il faudrait auparavant que vous eussiez le droit de me le demander.

DUPRÉ AÎNÉ.

Doucement, Renaud ; M. Ronval est chez lui.

RENAUD AÎNÉ.

C'est une raison de plus pour n'être point impoli.

AUGUSTE.

Impoli ! apprenez que c'est déjà beaucoup d'honneur pour vous que je vous reçoive.

DUPRÉ AÎNÉ.

Pourquoi donc nous faire inviter?

AUGUSTE.

Ce n'est pas moi qui vous ai fait venir ; c'est mon papa.

RENAUD AÎNÉ.

En ce cas, allons de ce pas remercier M. Ronval de ses attentions pour nous, et lui faire connaître la bonne réception que nous réservait monsieur son fils.

AUGUSTE, *un peu effrayé.*

Bah ! tu prends les choses trop au sérieux. C'est
aujourd'hui ma fête ; restez, nous allons bien nous
amuser.

RENAUD AÎNÉ.

A la bonne heure ; mais soyez à l'avenir plus
poli.

DUPRÉ AÎNÉ.

Calme-toi, Renaud, il faut rester bons amis.

DUPRÉ CADET.

C'est donc votre fête, aujourd'hui, M. Auguste ;
je vous offre mon compliment.

RENAUD CADET.

Et moi aussi ; vous devez avoir reçu de bien
jolis cadeaux ?

DUPRÉ CADET.

Bien des bonbons !

AUGUSTE.

Des bonbons ! j'en ai tous les jours plus que
je n'en peux manger.

RENAUD CADET.

De l'argent, je parie; deux ou trois écus au moins.

AUGUSTE.

Me prenez-vous pour un enfant? on m'a donné quelque chose que moi seul ai le droit de porter.

RENAUD CADET

Je pense bien que si on me donnait la même chose, je saurais la porter comme un autre.

AUGUSTE, *d'un air de pitié.*

Pauvre moutard! *Aux deux aînés qui parlent bas entre eux :* Que marmottez-vous entre vous deux? vous devez songer à nous amuser. Oh! voilà Champagne avec des confitures. Allons, prenez des siéges et asseyez-vous. *Champagne dépose des fruits confits sur la table et se retire ; Auguste en donne un peu aux petits, et s'en sert si copieusement, qu'il n'en reste plus pour les deux aînés.* On nous servira autre chose.

RENAUD AÎNÉ.

Nous n'avons besoin de rien.

AUGUSTE.

Vous en prendrez, ou vous n'en prendrez pas, entendez-vous?

RENAUD AÎNÉ.

Oui, cela est assez clair; et je ne m'attendais

pas, malgré que je dusse bien vous connaître, à avoir affaire à un jeune homme aussi grossier, puisqu'il faut trancher le mot.

AUGUSTE.

Moi grossier ! je vais t'apprendre à qui tu as affaire. *Il sort brusquement.*

⸺⸱⸺

SCÈNE IX

Les deux RENAUD, les deux DUPRÉ.

DUPRÉ AÎNÉ.

Renaud, qu'as-tu fait ? il va trouver son père, lui dire mille mensonges et nous donner tous, les torts.

RENAUD AÎNÉ.

Je ne crains rien. J'irai moi-même trouver M. Ronval, c'est un homme juste, et il saura bien discerner de quel côté sont les torts.

SCÈNE X

Les deux RENAUD, les deux DUPRÉ, AUGUSTE, *puis*
M. RONVAL. *Auguste rentre précipitamment tenant sa main*
à la garde de son épée. Les deux petits courent se cacher
derrière des meubles. Les deux aînés l'attendent de pied
ferme.

AUGUSTE, *à Renaud aîné.*

Allons, je vais t'apprendre, insolent..... *Il dé-*
gaîne, et au lieu d'une épée, il tire du fourreau
une longue plume de dindon. Il s'arrête confondu.
Les deux petits poussent un grand éclat de rire et
se rapprochent.

RENAUD AÎNÉ.

Avancez donc, M. le chevalier sans peur. Montrez
votre vaillance.

DUPRÉ AÎNÉ.

N'ajoute pas à sa honte.

DUPRÉ CADET.

Il ne fera de mal à personne avec ses armes
si terribles !

RENAUD AÎNÉ.

Nous pourrions lui donner une bonne leçon ;
mais je rougirais de ma vengeance.

DUPRÉ AÎNÉ.

Venez, mes amis, il faut le laisser s'escrimer
tout seul.

RENAUD AÎNÉ.

Adieu, M. le chevalier à l'épée de plume.

DUPRÉ CADET.

Je ne reviendrai que lorsqu'il sera désarmé ;
il est trop redoutable !

RENAUD AÎNÉ.

Allons toutefois nous expliquer avec M. Ronval;
les apparences seraient contre nous.

DUPRÉ AÎNÉ.

Tu as raison. Que pourrait-il penser si nous
sortions de sa maison sans prendre congé ?

M. RONVAL, *entrant.*

Qu'est-ce donc que j'entends, messieurs? *Les
sanglots empêchent Auguste de répondre.*

RENAUD AÎNÉ.

Pardonnez, monsieur, le désordre dans lequel
nous paraissons à vos yeux.

M. RONVAL.

Rassurez-vous, mon cher ami ; je suis instruit
de tout, et j'ai entendu les indignes propos de
mon fils. Il est d'autant plus coupable, qu'il venait
de me faire les plus belles promesses. Il y a longtemps que je soupçonnais son impudence, mais
je voulais voir par moi-même à quel excès il pouvait la porter. De crainte qu'il n'arrivât quelque

malheur, j'ai mis, comme vous voyez, à son épée, une lame qui ne fera jamais couler de sang.

RENAUD AÎNÉ.

Permettez-nous, monsieur, de nous retirer. Notre compagnie pourrait n'être pas agréable à monsieur votre fils.

M. RONVAL.

Non, non, restez, mes chers enfants; vous pouvez vous divertir ensemble, et Henri aura soin de pourvoir à tout ce qui pourra vous amuser. Venez avec moi dans un autre appartement.

TOUS.

Oh! monsieur, laissez venir avec nous M. Auguste, il ne fera plus le rodomont.

M. RONVAL.

Je n'y consens qu'à condition qu'il portera pendant toute la journée son épée de plume.

ADOLPHE

ou

L'ARROGANT PUNI

PERSONNAGES :

M. CLIFFORT.

CHARLES,
ARMAND, } ses enfants.

ÉDOUARD,
ADOLPHE, } camarades de classe de Charles.

PIERRE, paysan, filleul de M. Cliffort.

SIMPSON, colporteur.

PETIT DICK, son neveu.

Un Laquais de M. Cliffort.

ADOLPHE

OU L'ARROGANT PUNI

SCÈNE I

CHARLES, ARMAND.

CHARLES.

Il y a longtemps, mon cher Armand, que nous n'avons eu le plaisir de faire une promenade ensemble. Arrêtons-nous un moment sous ces arbres et causons à notre aise, tandis que mes camarades de classe s'amusent ailleurs. Sais-tu que je suis tenté d'envier ton sort? Tu as une complexion faible; tu es souvent malade, mais, en revanche, notre bon-papa te garde près de lui, et tu n'es pas

obligé de passer onze mois de l'année dans le triste
séjour auquel on donne le nom de collége.

ARMAND.

Tu ne vois, Charles, que le revers de la médaille, et tu ne me parles pas de ces joyeuses vacances dont tu sais si bien jouir. Depuis que tu es
ici, tu fais tout ce qu'il te plaît, et je t'assure qu'il
suffît de deux ou trois écoliers en vacances pour
mettre une maison sens dessus dessous.

CHARLES.

C'est donc à dire, mon petit Armand, que tu
voudrais déjà me renvoyer au collége ?

ARMAND.

Non, pas toi. Car, quoique tu sois aussi étourdi
que les autres, tu sais que je t'aime sincèrement ;
mais pourquoi amener sans cesse tes camarades de
classe ? Ils font tant de bruit, et cela me prive du
plaisir d'être avec toi.

CHARLES.

A la bonne heure, je ne puis me fâcher d'un
reproche aussi aimable ; mais rassure-toi, mon
petit Armand, nous trouverons sans peine des oc-
casions de nous réunir, et je suis sûr que tu n'auras
aucune raison de te plaindre de mes jeunes amis.

ARMAND.

dire vrai, je dois avouer que M. Edouard me

plaît beaucoup, j'aime son caractère, et je suis
convaincu qu'il t'est sincèrement attaché.

CHARLES.

Oh ! je crois qu'il se jetterait dans le feu et
dans l'eau pour moi.

ARMAND.

C'est bien là l'opinion que je m'étais formée de
lui. Quant à M. Adolphe, je le crois d'un caractère
bien différent. Il est froid, très-sérieux pour son
âge ; et quoiqu'il affecte une très-grande politesse,
il y a quelque chose dans sa conduite qui me fait
penser qu'il se croit intérieurement au-dessus des
autres.

CHARLES.

Tu as deviné parfaitement juste. Adolphe est en
effet si orgueilleux, qu'au collége nous lui avons
donné le sobriquet de *Monseigneur*.

ARMAND.

Et quelle raison a-t-il donc d'être orgueilleux ?
surpasse-t-il les autres jeunes gens de sa classe ?

CHARLES.

Nullement. Il ne montre pas plus d'habileté que
les autres et n'a pas lieu de se vanter à cet égard ;
mais il appartient à une famille du plus haut rang ;
son père est un gentilhomme opulent, qui possède
de grands biens dans le Yorkshire, où il demeure.

ARMAND.

Tant mieux pour lui; mais je ne vois pas qu'il
y ait grand mérite à proclamer si haut sa grande
fortune.

CHARLES.

Tu as raison. Aussi la plupart de nos camarades
s'amusent à ses dépens, lorsqu'il tâche de se donner de grands airs.

ARMAND.

J'en ferais bien volontiers autant; mais voici
précisément tes deux amis; ils parlent avec tant
de chaleur, qu'on croirait qu'ils se disputent.

SCÈNE II

ARMAND, CHARLES, ADOLPHE, ÉDOUARD.

ÉDOUARD, à *Adolphe.*

Pour moi, je soutiendrai que c'est tout à fait
intolérable et qu'une indélicatesse aussi déplacée
devient ridicule.

ADOLPHE.

Dans votre situation, vous pouvez peut-être
penser ainsi : mais je vois la chose sous un
autre point de vue ; et vous savez que le point
de vue varie suivant la position où l'on est.

ÉDOUARD.

Que voulez-vous dire avec votre point de vue et votre position?

ADOLPHE.

Vous n'exigerez pas de moi une explication sur cela; je présume que vous me comprenez.

CHARLES.

Que se passe-t-il donc, mes chers camarades, et d'où vient cette altercation?

ARMAND.

Vous semblez fort agité, M. Edouard.

ÉDOUARD.

Ce n'est pas sans raison, je vous assure. Nous avons pensé à nous divertir au jeu des quatre coins. Vous savez qu'il faut être cinq, et nous n'étions que quatre, en vous comptant. A peu de distance de l'avenue, j'aperçus un jeune paysan; il nous dit qu'il était filleul de M. Cliffort. Je lui demande alors de venir jouer avec nous, ce qu'il accepte avec joie; mais voilà que M. Adolphe se fâche, s'é-criant hautement qu'il serait indécent pour nous de nous associer à des campagnards, et enfin il traita si mal le pauvre garçon, que celui-ci s'en alla tout honteux et tout triste.

CHARLES.

Vous avez eu tort, Adolphe; ce jeune paysan se nomme Pierre, ses parents sont très-estimés, et mon père ne voit aucun inconvénient à ce qu'il joue avec moi.

ADOLPHE.

Que dites-vous? comment est-il possible que M. Cliffort puisse protéger l'intimité de son fils avec des personnes d'une condition aussi inférieure?

ARMAND.

Mon père ne pense pas qu'il soit inconvenant de nous permettre de jouer avec Pierre, qui est d'ailleurs un garçon fort estimable.

ADOLPHE.

Si j'avais su que, dans votre famille, vous fussiez si peu attentifs à ces convenances, je ne me serais pas permis de renvoyer Pierre. Dans notre canton, nous sommes extrêmement scrupuleux à cet égard, et je ne croyais pas, en agissant ainsi, déplaire à M. Cliffort.

ÉDOUARD.

En ce cas, je suppose que votre canton fourmille de grands seigneurs; car autrement vous seriez souvent réduit à jouer tout seul.

ADOLPHE.

Vous pouvez me railler autant qu'il vous plaira,
Edouard ; mais je puis vous dire que je ne voudrais pas être vu en compagnie avec le fils d'un
marchand ; mon oncle le duc serait bien irrité,
j'en suis sûr. Je ne dis point ceci cependant pour
vous mortifier.

CHARLES.

Je veux bien le croire, Adolphe ; en même
temps, je crois que vous auriez dû vous abs-
tenir de faire une telle réflexion. Edouard est mon
ami aussi bien que vous, et quelle que soit la profession de son père, il serait inconvénant à vous
de lui en faire un reproche.

ÉDOUARD.

Laissez-le dire, Charles, je vous assure que je
ne suis nullement blessé de ses paroles. Je ne
suis point honteux de mon père ; je ne le change-
rais pas en vérité pour le sultan de Constan-
tinople ni pour le shah de Perse. Quoique tout
le temps de mon père soit absorbé par ses affaires,
il vient de m'écrire qu'il doit venir me voir in-
cessamment ; au lieu que ces fils de grands princes
peuvent, à ce qu'il paraît, fort bien se passer de
voir leurs illustres ascendants.

14

CHARLES.

Oh! pour cela, Adolphe, vous devez avouer que vos parents vous négligent un peu ; car ils ne sont pas encore venus vous voir une seule fois au collége.

ADOLPHE.

Rappelez-vous qu'un homme du rang de mon père ne voyage point comme un simple particulier ; et puis, il n'aime pas de quitter ses terres, autrement il résiderait à la cour. D'ailleurs, vous savez que je ne suis au collége que depuis un an.

ARMAND.

Dites-moi, monsieur votre père n'a-t-il pas d'autres enfants ?

ADOLPHE.

Pardonnez-moi ; j'ai une sœur de quinze ans qui va épouser un prince étranger.

CHARLES, *bas à Armand*.

Tu entends ? un prince étranger.

ARMAND.

A quinze ans! on pense déjà à la marier.

ADOLPHE.

Oui, c'est la coutume chez les personnes de haute qualité. On aurait pu disposer de sa main depuis plus longtemps, car elle n'avait que quatre ans lorsqu'une proposition fut faite pour elle par le roi de Danemarck en faveur de son neveu le prince Frédéric.

ÉDOUARD.

Le roi de Danemarck! Je pense que cette alliance aurait été plus désirable.

ADOLPHE.

J'en conviens ; mais mon père ayant consulté un ambassadeur, son cousin, et la grande-duchesse Wilhelmine-Augusta, sa nièce, qui étaient tous deux en relations avec la cour danoise, ils l'en détournèrent, car le jeune prince proposé était devenu boiteux des suites d'une chute.

ARMAND, *bas à Charles.*

S'il dit la vérité, il faut avouer que ses parents sont de bien hauts seigneurs. *Haut :* Il faut convenir que votre famille tranche du grand ; vous pourrez sans doute vous-même, par la suite, obtenir la fille de quelque souverain?

ADOLPHE.

Je ne répondrais pas du contraire, monsieur; et quoique vous paraissiez aimer à railler, permettez-moi de vous dire que beaucoup de choses moins probables sont arrivées dans le monde.... *A part :* Ils ont voulu me tourner en ridicule, mais maintenant ils sont tous confondus.

SCÈNE III

ARMAND, CHARLES, ADOLPHE, ÉDOUARD,
M. CLIFFORT, PIERRE.

M. CLIFFORT.

Que vous a donc fait mon filleul, M. Adolphe,
que vous lui interdisiez ma maison? Pauvre garçon,
je viens de le trouver tout en larmes. Charles, avez-
vous donc perdu toute amitié pour ce bon petit
Pierre?

CHARLES.

Pas du tout, mon père, j'ai autant d'affection
pour lui qu'auparavant. Venez, Pierre, donnons-
nous la main; je suis bien aise de vous voir.

ÉDOUARD.

S'il n'est pas déjà venu s'amuser avec nous, je
vous assure, monsieur, que ce n'est pas ma faute;
n'est-ce pas, Pierre?

M. CLIFFORT.

Qui donc voulait le renvoyer?

ADOLPHE.

Ce fut moi, monsieur, je dois le confesser. Je
ne connaissais pas l'étendue de votre indulgence
pour 'lui. Son costume me fit présumer que ce ne
pouvait être un compagnon de monsieur votre fils.

M. CLIFFORT.

Ce n'est pas par le costume d'une personne qu'on doit juger de ses qualités. Pierre est un digne et honnête paysan ; cela me suffit.

PIERRE.

Je voulais dire qu'il me regardait comme un paysan parce que j'ai été élevé à la campagne ; mais si les affaires de mon père avaient réussi à Londres, je serais bien autrement vêtu, et je serais probablement au collége comme d'autres gens.

ARMAND.

Ho ! ho ! entendez-vous, petit Pierre ? Voilà la vanité qui devient contagieuse.

ÉDOUARD.

Dites-moi donc, Pierre, que fait votre père ?

PIERRE.

Il est tailleur, monsieur ; maintenant il répare seulement les gros habits ; mais il était autrefois bien établi et avait beaucoup d'ouvriers.

ADOLPHE, *avec ironie.*

Voilà qui est bien différent d'être un paysan !...

M. CLIFFORT.

Si cet enfant, M. Adolphe, n'avait pas été traité avec mépris, il ne serait jamais arrivé à rougir de sa condition présente. Croyez-moi, Pierre, ne vous

inquiétez pas si votre père est un paysan ou un
bourgeois ; s'il fait des habits pour des princes, des
jockeys ou des laboureurs : ceci n'est d'aucune
conséquence pour vous, pourvu qu'il soit toujours
un digne et honnête homme.

PIERRE.

Avec votre permission, monsieur, je crois que ce
n'est pas tout à fait la même chose ; car lorsqu'il
était un tailleur à la mode dans Bonds'treet, on
l'appelait toujours maître Brown ; mais ici on le
nomme seulement par le simple nom de Joseph.

ÉDOUARD.

Etes-vous donc le fils de Joseph Brown?

PIERRE.

C'est mon père, et je suis son fils, ne vous en
déplaise.

ÉDOUARD.

En ce cas, Pierre, serrons-nous la main. Pierre,
je suis votre cousin germain.

PIERRE.

Vous voulez vous jouer de moi !

ÉDOUARD.

Non certes ; ma mère était Marguerite Brown,
fille de Robert Brown, marchand de draps, et
sœur de Joseph Brown, votre père ; me suis-je
trompé ?

PIERRE.

Je crois réellement que vous avez raison ; mais puis-je me hasarder à vous appeler cousin, moi pauvre paysan avec de si vilains habits ?

ÉDOUARD.

Allons donc, à quoi penses-tu ? tes habits peuvent-ils nous empêcher d'être parents ? c'est par le sang que nous le sommes.

PIERRE.

Alors, permettez-moi de vous embrasser, mon cher cousin.

M. CLIFFORT.

Pierre, je vous félicite de cette heureuse rencontre, non pas tant parce que votre cousin est riche et bien élevé, mais surtout parce qu'il est estimable et qu'il a une belle âme.

ARMAND.

En retour d'une si noble conduite, M. Edouard, vous apprendrez, j'en suis sûr, avec joie que vos parents sont ici généralement estimés de tous ceux qui les connaissent.

ÉDOUARD.

Pierre, conduis-moi chez ton père; il me tarde de faire sa connaissance. *A M. Cliffort :* Voulez-vous me permettre, monsieur, d'aller faire une visite à mon oncle ?

M. CLIFFORT.

Très-volontiers, et je serai heureux de vous ac-
compagner ; il y a encore une autre famille dans le
même village que je souhaite de voir.

ARMAND.

Je voudrais bien aussi être de la partie, si mon
père l'approuve.

CHARLES.

Les suivrons-nous, Adolphe ?

ADOLPHE.

Oh ! restons ici, j'ai à vous parler.

***

SCÈNE IV

CHARLES, ADOLPHE.

CHARLES.

Edouard est si content, que je n'ai pas eu le
temps de lui dire de revenir de suite et de ramener
son cousin avec lui.

ADOLPHE.

Pour quel motif l'auriez-vous fait ? désireriez-
vous qu'il ramenât aussi son oncle le tailleur et
madame son épouse ?

CHARLES.

Pourquoi parler d'eux avec tant de mépris ? ce
sont de braves et dignes gens.

ADOLPHE.

Avouez, entre nous, qu'Edouard n'avait pas besoin d'aller ainsi témérairement trouver des parents dans ce village.

CHARLES.

Il a suivi la voix de son cœur et de sa conscience. Est-ce que vous reniez les vôtres, Adolphe?

ADOLPHE.

Quelle différence! les miens sont toutes personnes de qualité. Le plus petit d'entre eux ferait honneur à la famille la plus illustre.

CHARLES.

Je suis bien sûr cependant qu'ils ne sont ni plus équitables, ni plus patients, ni plus religieux que le vieux Joseph et sa femme èt depuis qu'Edouard a le bon sens de ne pas rougir de l'obscurité de ces dignes gens, il peut pareillement partager l'honneur de leurs vertus.

ADOLPHE.

Vous avez de singulières idées, Charles; si vous étiez grand seigneur comme moi, vous seriez bientôt débarrassé de vos préjugés.

CHARLES.

Si jamais j'étais marquis ou comte, je penserais que, loin d'être orgueilleux de mon rang et de mon titre, je dois laisser aux autres à s'en sou-

15

venir. Mon père, d'ailleurs, m'a souvent répété que les descendants de ces illustres familles, dont le haut rang est incontestable, se distinguent par leur affabilité et leur politesse, et qu'ils laissent aux parvenus une sotte vanité qui ne peut que tourner à leur confusion.

ADOLPHE.

Me prenez-vous donc pour un parvenu? je vous prouverai que je suis aussi noble que le roi lui-même.

CHARLES.

Je ne veux point discuter avec vous, Adolphe; je vous répète seulement ce que j'ai entendu dire par mon père et par des personnes ayant l'usage du monde... Mais je m'aperçois que l'heure de notre dîner approche, et j'ai promis à Armand de cueillir quelques pommes pour le dessert. Voulez-vous venir avec moi au jardin?

ADOLPHE.

Non, j'ai besoin de finir un volume de l'histoire d'Angleterre, et je n'ai plus que quelques pages à lire. Je trouve là des noms qui me sont familiers (*avec importance*) et qui me prouvent que je ne suis point un parvenu.

CHARLES, *à part.*

Il est piqué au vif; mais son orgueil insupportable méritait bien une leçon.

SCÈNE V

ADOLPHE *seul.*

Je vais trop loin ; mon rôle devient difficile. Où donc m'a conduit le désir de cacher ma naissance et ma famille ? Me voilà presque un potentat, marchant à l'égal du souverain des trois royaumes. Oh ! comme mes camarades riraient de moi, s'ils venaient à découvrir la vérité. Mais qui peut venir leur apprendre que mon père n'est que le concierge d'un gentilhomme, et que c'est ce gentilhomme, mon parrain, qui paie mon entretien et mon éducation ?

Quel malheur que toutes ces belles histoires que je leur ai débitées ne soient point une réalité ! Combien la part d'un homme de qualité me conviendrait mieux, et combien il est agréable de se sentir au-dessus des autres, sans peine et sans étude ! Allons, continuons à jouir du moins de l'erreur de mes camarades ; c'est toujours quelque chose, et je m'habitue si bien à faire le grand prince, qu'il m'arrive même quelquefois de céder aussi à l'illusion ; mais cela dure peu, et je me trouve au réveil encore plus malheureux de n'être que le pauvre George. Hélas ! hélas !... *Il s'assied sur le banc de gazon et se met à lire.*

SCÈNE VI

ADOLPHE *sur le banc de gazon*, SIMPSON *et* PETIT DICK
un paquet de marchandises sur leur dos[1].

SIMPSON, *appuyé sur un bâton.*

Arrêtons-nous ici, mon garçon, nous ne sommes
pas loin d'une belle maison, où il y a peut-être
quelque chose à faire.

PETIT DICK.

De tout mon cœur, mon oncle ; je n'en serai
pas fâché, car cela reposera un peu mes pauvres
épaules.

SIMPSON.

Je crois, petit Dick, que tu as entrepris une
besogne un peu au-dessus de tes forces.

PETIT DICK.

Oh ! ne faites pas attention, mon oncle, j'ai bon
courage ; je sais qu'il faut travailler pour vivre, et
je vois que j'aurai bien des pas à faire avant de
pouvoir acheter un âne pour porter mes marchandises.

SIMPSON.

Comment, Dick, vous avez donc de l'ambition ?

---

[1] Simpson a un paquet de marchandises sur son dos, et
petit Dick, une boîte de crayons, d'aiguilles, de plumes de fer
et autres petits articles.

PETIT DICK.

Oh ! je ne suis pas assez fou pour me contenter de porter une boîte de crayons et d'aiguilles sur mes épaules, comme je fais maintenant ; ceci est très-bien pour commencer, mais il me faut un âne, vous pouvez compter là-dessus ; il aura une belle clochette pendue à son cou, et lorsque les bonnes gens du village l'entendront sonner à mon approche, ils diront : Ho ! ho ! qu'il vienne par ici, maître Dick, nous voulons lui acheter quelque chose, car c'est un bon enfant et un honnête garçon.

SIMPSON.

Vous réglez tout cela très-gentiment dans votre petite tête, maître Dick ; mais savez-vous qu'il en coûte une bonne somme pour acheter un âne et pour le charger ?

PETIT DICK.

Oui, mon oncle, je sais cela ; j'ai déjà calculé ce que j'aurais, en mettant de côté le profit que je tirerai de la vente de mes crayons et de mes aiguilles, et surtout de mes plumes métalliques aux jeunes collégiens ; et puis les mèches, les allumettes chimiques, les cordons de montres ; et puis.....

SIMPSON.

Et puis quoi?

PETIT DICK.

Avez-vous oublié mon frère George, qui étudie au collége par les ordres de sa seigneurie, et qu'il obtiendra bientôt une place? Il pourra alors me faire des avances pour acheter un âne.

SIMPSON.

Je n'ai certainement aucune raison pour douter de la bonne disposition de George; mais je te dirai que, dans la vie, 'la meilleure route à suivre, c'est de ne point trop compter sur les autres et de ne pas former de projets ambitieux; un petit commerce est souvent plus sûr qu'un grand, et j'ai acquis par degrés un assez joli avoir, en voyageant avec un paquet sur mes épaules, comme tu me vois.

PETIT DICK.

Ne parlez pas si haut, mon oncle, je vois quelqu'un sous ces arbres.

SIMPSON.

Ce sont peut-être les personnes à qui la maison appartient; informons-nous s'ils ont besoin d'acheter quelques-unes de nos marchandises.

ADOLPHE.

Voici deux étrangers dont la conversation me trouble; allons lire ailleurs. *Il quitte son banc.*

SIMPSON , *s'approchant d'Adolphe.*

Monsieur !

ADOLPHE, *reculant de surprise.*

Quoi ! mon oncle ici , est-il possible ?

PETIT DICK, *courant à lui.*

Que je suis heureux ! Quoi ! est-ce bien mon frère George ?

SIMPSON.

Est-ce réellement vous, mon cher neveu ?

ADOLPHE.

Chut ! chut ! taisez-vous tous les deux, et allez-vous-en aussi loin que vous pourrez.

SIMPSON.

Pourquoi nous en irions-nous ?

PETIT DICK.

Faisons-nous du mal à quelqu'un ?

ADOLPHE.

Je désire qu'on ne sache pas que nous sommes parents.

SIMPSON.

Et pourquoi cela, s'il vous plaît ?

PETIT DICK.

Ne pas vouloir reconnaître vos propres parents !

ADOLPHE.

Au nom du Ciel, taisez-vous ; je ne veux pas

vous renier ; mais... voyez-vous... il est de la dernière importance... que la famille à laquelle j'appartiens ne soit pas connue ici. *A part :* Il faut que j'invente quelque histoire, afin de me débarrasser d'eux.

SIMPSON.

Eh bien ! mais je ne vois pas pour quelle raison.

ADOLPHE.

Pourquoi ? parce qu'apprenez que je passe mes vacances avec un de mes camarades dans la maison de campagne d'un lord très-riche, dans ce beau séjour que vous voyez à cent pas d'ici ; c'est un grand seigneur immensément riche, et il a pris une telle affection pour moi, qu'il veut m'introduire à la cour lorsque j'aurai fini mes études.

SIMPSON.

Soyez heureux, George ; croyez-vous que nous serions capables de faire rien qui pût changer ses bonnes intentions envers vous.

PETIT DICK.

Au contraire, je lui dirai tant de drôles d'histoires pour l'amuser, que je ne serais pas surpris qu'il me fît présent d'un joli petit âne, puisqu'il est si riche.

ADOLPHE.

Mais ne savez-vous pas que les ducs sont en

général orgueilleux? Aussi, afin de m'insinuer dans
ses bonnes grâces, j'ai été obligé de changer mon
nom et de lui faire croire que mes parents étaient
quelque chose dans le monde.

SIMPSON.

Que dites-vous là, mon neveu? vous êtes né
d'honnnêtes gens, cela ne suffit-il pas?

PETIT DICK.

Notre père ne jouit-il pas de la faveur et de la
confiance de Monseigneur? et notre sœur ne vient-
elle pas de se marier à son garde-chasse?.... Ah!
mon oncle, voilà une excellente occasion pour avoir
ma bourrique.

ADOLPHE.

Ce petit garçon ne peut ni se taire ni me comprendre; mais vous, mon oncle, qui êtes un
homme d'expérience, vous apercevrez sûrement
que la profession que vous exercez....

SIMPSON.

Oui, je vois ce que c'est, George; vous me croyez
indigne d'être votre oncle.

ADOLPHE.

Ce n'est pas moi que vous devez blâmer pour
cela, mais seulement le préjugé du grand-duc,
auquel je me trouve moi-même obligé de me
soumettre dans l'intérêt de ma fortune. Voudriez-

vous en effet me faire perdre une si belle occasion ?

SIMPSON.

Non, mon neveu, non ; nous allons vous laisser à vos projets. Adieu donc; passez pour ce qu'il vous plaira, je ne vous contredirai pas.

PETIT DICK.

J'aurais cependant aimé de voir quelle sorte d'homme est un grand-duc.

ADOLPHE.

Dépêchez-vous de partir, je vous en supplie.

SIMPSON.

Nous partons. *Il fait quelques pas et revient.* Mais, dis-moi donc, comment es-tu arrivé à faire connaissance avec ce seigneur ?

ADOLPHE.

Croyez-vous que j'ai le temps maintenant de vous raconter une aussi longue histoire? je suis perdu si vous restez ici encore une minute.

SIMPSON.

Sois tranquille, adieu.

PETIT DICK, *revenant aussi.*

Dites donc, George, pourquoi ne demandez-vous pas comment on se porte chez nous ?

ADOLPHE.

Je leur écris tous les jours... Adieu... Prenez ce sentier à droite.

PETIT DICK, *s'en allant.*

J'espère que lorsqu'il sera riche, il me donnera
de l'argent pour m'acheter un âne. *Ils sortent.*

⭤

SCÈNE VII

ADOLPHE *seul.*

Enfin, ils sont partis! Que je suis heureux de
m'être trouvé seul! Quelques minutes plus tôt,
et Charles aurait été témoin de notre rencontre;
il aurait appris qui je suis et ne m'aurait probablement pas épargné, surtout après la conversation que nous venions d'avoir ensemble. Je me
sens tout à fait glacé d'épouvante. Que faire? je
n'oserais pas me montrer maintenant; je vais me
promener un peu pour tâcher de reprendre mes sens.

⭤

SCÈNE VIII

Un salon de la maison de M. Cliffort.

M. CLIFFORT, CHARLES.

CHARLES.

Eh bien! mon père, comment l'entrevue s'est-
elle passée?

M. CLIFFORT.

De la manière la plus attendrissante, je t'assure.

Le pauvre Joseph travaillait dans sa petite boutique
quand Pierre arriva avec Edouard. Pierre court
et embrasse son père. « Réjouissez - vous, mon
père ; car voici votre neveu que je vous amène.
— Un neveu ! s'écria le vieillard. — Oui, un
neveu, répliqua Edouard, je suis le fils de votre
sœur Marguerite. » A ces mots, le tailleur, hors
de lui, ne put retenir ses larmes et l'embrassa
tendrement.

CHARLES.

Je suis enchanté de ce que vous me dites.
Et la pauvre Marguerite, elle a dû être bien surprise ?

M. CLIFFORT.

Elle était occupée à laver à la rivière avec
quelques autres femmes ; Joseph voulut l'envoyer
chercher, mais Edouard déclara qu'il était de son
devoir d'aller au-devant de sa tante, ce qu'il fit ;
il courut immédiatement et lui sauta au cou en lui
déclarant qu'il était son neveu. La pauvre femme
fut frappée d'étonnement, s'attendant peu qu'un
jeune gentilhomme si bien habillé daignât lui té-
moigner tant d'amitié et d'affection.

CHARLES.

La conduite d'Edouard dans cette occasion,

je l'avoue, augmente beaucoup mon amitié pour
lui.

M. CLIFFORT.

Tout le village parle de lui avec admiration.
Edouard a rempli son devoir; mais il l'a fait si
franchement et avec une si bonne grâce, qu'il
est doublement digne de louanges.

CHARLES.

Croiriez-vous qu'Adolphe est assez injuste pour
le blâmer d'une action aussi louable?

M. CLIFFORT.

Tant pis pour lui, Charles, cela prouve seulement
la petitesse de son esprit et un amour-propre excessif. J'ai vu avec peine, dans sa conduite avec Pierre,
combien il est plein de vanité. Il ne me semble pas
cependant avoir rien de digne dans les manières,
mais seulement beaucoup d'arrogance; je présume
que ce jeune homme est le fils de quelque parvenu
récemment élevé à la dignité de lord.

CHARLES.

Ah! mon père, comment pouvez-vous penser
cela? sa famille, dit-il, est une des plus anciennes
de l'Europe.

M. CLIFFORT.

Je ne l'aurais jamais cru. Si j'en parlais à mon
cousin, qui est professeur à votre collége, il serait

à même de découvrir la vérité de cette assertion ;
mais, en supposant même qu'Adolphe fût un prince,
son orgueil excessif n'en serait pas moins un grand
défaut.

SCÈNE IX

M. CLIFFORT, CHARLES, ÉDOUARD.

M. CLIFFORT.

Eh bien ! vous voilà seul, Edouard ; qu'avez-vous
fait de Pierre, votre jeune cousin ?

ÉDOUARD.

Je l'ai laissé en pleine conversation avec un
petit garçon du Yorkshire qu'il a rencontré sur la
route. Il me tardait de venir parler à mon ami
Charles du bon accueil que j'ai trouvé chez mes
parents.

CHARLES.

Mon père me l'a raconté avec bien du plaisir.
Pour ma part, je vous félicite de tout mon cœur,
et je trouve que vous avez acquis un nouveau titre
à l'estime de tous ceux qui vous connaissent.

ÉDOUARD.

Je crois que j'ai gagné trois vrais amis et qui ne
m'oublieront jamais.

M. CLIFFORT.

Vous ne pouvez en douter, mon cher Edouard, et vous pouvez être tout à fait sûr de l'approbation de votre père.

ÉDOUARD:

Oui ; car il ne m'aurait pas pardonné si j'eusse agi autrement. Je lui ai toujours entendu condamner ceux qui se glorifiaient de leur fortune, ou qui semblaient honteux de leur origine, lorsqu'ils ont l'avantage d'appartenir à une famille exempte de reproches. Il m'a dit souvent que nous avions quelques parents qui étaient devenus pauvres, les uns par les malheurs, les autres par leur faute, mais qu'il ne connaissait pas de gens malhonnêtes dans notre famille : je n'avais donc pas de raisons pour m'éloigner d'aucun d'eux.

M. CLIFFORT.

Voilà le langage d'un honnête homme.

ÉDOUARD.

Si mon père avait su que mon oncle vivait dans ce village, il l'aurait certainement fait appeler, lorsqu'il est venu me voir au collége l'année dernière. Je suis sûr qu'il le fera la prochaine fois qu'il viendra ; en attendant, j'ai intention de lui écrire sur un projet que je viens de former.

SCÈNE X

M. CLIFFORT, CHARLES, ÉDOUARD, ARMAND.

ARMAND.

Mes amis, si vous voulez acheter des crayons ou des plumes, il y a en bas un beau petit garçon à l'air vif, qui veut vous en vendre. Je ne crois pas qu'il ait plus de sept ans, mais son babil vous amusera.

ÉDOUARD.

C'est sans doute celui avec qui j'ai laissé Pierre.

ARMAND.

Je l'ai rencontré sur la route, où il attendait un colporteur qui était arrêté dans une maison du voisinage pour voir s'il vendrait quelque chose.

M. CLIFFORT.

Eh bien! faites monter ce petit garçon. *Armand court très-vite.*

CHARLES.

A sept ans, faire travailler ainsi un pauvre garçon!

M. CLIEFORT.

C'est l'habitude des colporteurs du Yorkshire, qui sont très-actifs, industrieux et qui accoutument leurs enfants à gagner du pain très-jeunes; ainsi ils prennent leurs enfants avec eux pour voyager dans le pays, et ces garçons sont en général vifs, intelligents et spirituels, et par-dessus tout très-probes.

❧

SCÈNE XI

M. CLIFFORT, ARMAND, CHARLES, ÉDOUARD,
PETIT DICK, PIERRE.

PIERRE, *à petit Dick.*

Avez-vous jamais vu un pareil entêté ? il me semble que je dois bien le connaître, je vous dis que je suis son filleul.

M. CLIFFORT.

Qu'y a-t-il, Pierre ?

PIERRE.

Mon parrain, c'est ce petit garçon du Yorkshire, qui soutient que vous êtes un duc et même un archiduc.

PETIT DICK.

Oh ! je suis bien informé. *A M. Cliffort :* Monseigneur, votre grâce veut-elle m'acheter quelque chose ?

CHARLES.

Comme il a l'air éveillé !

M. CLIFFORT.

Pourquoi m'appelez-vous Monseigneur, mon bon
garçon ?

PETIT DICK.

Parce qu'on m'a dit que vous étiez un haut et
puissant seigneur, quoique vous ne soyez pas aussi
fier que je m'y attendais; mais, dans mes prix, je
ne fais aucune différence, même pour les princes,
et je ne veux pas vous vendre plus cher qu'aux
autres.

M. CLIFFORT.

On a bien voulu s'amuser de vous, mon enfant ;
je ne suis ni duc ni grand seigneur, je vous
l'assure.

PIERRE.

Je le laisse parler comme ça depuis une demi-
heure, mais il ne veut pas écouter ce que je lui
dit.

PETIT DICK, *à part.*

George alors nous en a imposé.

ARMAND.

Quel est votre nom, mon garçon ?

PETIT DICK.

Petit Dick, pour vous servir, mon bon monsieur.

ÉDOUARD.

Combien de temps y a-t-il que vous avez commencé à courir ainsi le pays?

PETIT DICK.

J'ai quitté la maison il y a environ six mois, avec mon oncle Richard.

CHARLES.

Comment faites-vous donc pour marcher si loin avec vos petites jambes?

PETIT DICK.

Comment? je les remue un peu plus souvent, voilà tout. Des insectes rampent une courte distance chaque jour et finissent par gagner la fin de leur journée.

M. CLIFFORT.

C'est juste, mon enfant. La patience et la persévérance surmontent toutes les difficultés; malgré cela, je crois que votre commerce est assez pénible.

PETIT DICK.

Je n'ai jamais eu cette pensée. Il n'y a pas d'argent bien gagné sans labeur et sans peines.

ÉDOUARD

C'est vrai; mais vous êtes encore si jeune.

PETIT DICK.

Oui; mais mon oncle commence à se faire vieux, et comme il est très-chargé, il ne peut aller très-

loin ; d'ailleurs, nous nous reposons un peu de
temps en temps ; quelquefois nous trouvons des
pratiques sur la route, et une bonne vente nous a
bientôt délassés.

ARMAND.

Ne préféreriez-vous pas rester chez vous tran-
quillement avec votre père et votre mère ?

PETIT DICK.

Oh ! non ; c'est bon pour les paresseux. Chez
mon père, je ne pourrais pas gagner la vie, et
je dois travailler pour acheter un âne et quelques
marchandises ; et quand j'aurai amassé un peu
d'argent, je le porterai à mon père et à ma mère.

M. CLIFFORT.

Je suis satisfait de lui. Comment votre mère
a-t-elle pu consentir à se séparer de vous ?

PETIT DICK.

Hélas ! pauvre femme ! elle a bien pleuré ; mais
à quoi cela sert-il ? Mon oncle Richard est venu
nous voir un jour, il est mon parrain, je courus
donc l'embrasser « Dites-moi, mon frère, dit-il,
qu'allez-vous faire de ce gros garçon ? je veux lui
faire cadeau, moi, d'une boîte d'aiguilles et de
crayons, et le prendre avec moi. »

M. CLIFFORT.

Dites-moi, petit Dick, avez-vous des frères et des sœurs ?

PETIT DICK.

Oh ! oui, mon bon monsieur ; ma sœur Jenny vient de se marier avec le garde-chasse de sa seigneurie.

ARMAND.

Qui est sa seigneurie ?

PETIT DICK.

C'est nôtre maître. Mon père est portier de son bel hôtel. O quel bon maître c'est ! il s'est chargé de l'éducation de mon frère George, qui est son filleul. Vous le connaissez bien, mon frère George ?

M. CLIFFORT.

Comment le connaîtrions-nous, mon enfant ?

PETIT DICK, *à part.*

Il m'a défendu de dire un mot, à tout prix. Il n'y a pas grand mal dans ceci, puisqu'ils ne le connaissent pas. Il nous a tant parlé de son grand seigneur, que ce doit être quelque autre personne.

ÉDOUARD.

Que marmotte-t-il là entre ses dents ?

PETIT DICK.

Je dis, mes bons messieurs, qu'il est temps que vous m'achetiez des crayons et d'excellentes plumes

de métal, de l'invention de mon oncle Richard
Cowley. Faites votre choix, s'il vous plaît ; il se
fait tard, et mon oncle Richard doit être demain
à la foire voisine.

SCÈNE XII

M. CLIFFORT, CHARLES, ÉDOUARD, ARMAND,
PETIT DICK, PIERRE, SIMPSON.

SIMPSON.

Qu'est-ce que ce petit paresseux fait ici ? Excusez-moi, monsieur, si je prends la liberté de me
présenter devant vous ; mais la nuit approche,
et mon neveu ne pense pas à repartir.

M. CLIFFORT.

Entrez, mon ami, entrez ; nous sommes cause
du retard du petit Dick ; ces jeunes gens se sont
beaucoup amusés de son babil.

SIMPSON.

Oh ! quant à cela, monsieur, il parlerait tout
un jour, s'il trouvait quelqu'un assez bon pour
l'écouter.

PETIT DICK.

Mais, mon oncle, si ces personnes me question-
nent, je dois leur répondre ; et vous savez qu'en leur

disant de petites drôles d'histoires, cela les met en bonne humeur et leur fait acheter quelque chose.

ARMAND.

Il paraît que petit Dick commence à comprendre les affaires.

ÉDOUARD.

Oh! je suis bien sûr que le petit furet fera son chemin.

CHARLES.

Qu'est donc devenu Adolphe? il fait une bien longue promenade.

ÉDOUARD.

Mais j'y pense maintenant; il est du même pays que ces colporteurs, peut-être savent-ils quelque chose de lui? *A Simpson :* N'auriez-vous pas, par hasard, jamais été à Bradfort?

SIMPSON.

Si, monsieur; c'est près de Leeds, et notre village n'est qu'à quelques milles de là.

ÉDOUARD.

Informons-nous si notre jeune noble est un seigneur aussi grand qu'il prétend l'être. *A Simpson :* Vous connaissez Bradfort, vous devez avoir entendu parler du comte de Granby, dont le fils étudie avec nous au collége?

SIMPSON.

Le comte de Granby ?

CHARLES.

Oui , son fils assure que c'est une des premières familles du comté, que son père a plusieurs grands hôtels et un grand nombre de terres.

SIMPSON.

Ce jeune vicomte Adolphe , votre camarade de classe , est peut-être la personne que j'ai rencontrée sous ces arbres , lisant un livre et vêtu d'un bel habit bleu...

ARMAND.

C'est cela même, le connaissez-vous ?

SIMPSON , *à part.*

Ceci éclaircit le mensonge. Oh ! l'orgueilleux !

ÉDOUARD.

Mais vous ne nous dites pas si vous connaissez le comte de Granby.

SIMPSON.

Je cherche à me souvenir... Non , je n'ai jamais entendu parler d'aucun lord de ce nom dans notre canton.

ARMAND.

Je ne m'étonnerais pas après tout que M. Adolphe fût noble de sa propre invention.

SIMPSON.

Quoi ! on vous aurait joué un pareil tour !

M. CLIFFORT.

Je suis aussi porté à croire qu'il a exagéré sa grandeur ; sa vanité seule me l'avait fait penser ; il ne doit cependant pas être condamné sans être entendu.

ÉDOUARD.

Oh ! le voici, nous verrons comment il se tirera de ce mauvais pas.

SCÈNE XIII

M. CLIFFORT, CHARLES, ÉDOUARD, ARMAND, PETIT DICK, PIERRE, SIMPSON, ADOLPHE.

ADOLPHE, *à part.*

Que vois-je ? mon oncle et mon frère chez Cliffort ! tout est découvert. *Il essaie de sortir.*

CHARLES, *l'arrêtant.*

Vous voilà enfin, Adolphe, nous vous attendions.

PETIT DICK, *bas à son oncle.*

Entendez-vous ? quoi ! c'est George qu'ils appellent Adolphe. Il se faisait passer pour un lord ; oh ! la bonne plaisanterie !

17

SIMPSON, *bas.*

Chut! mon garçon; souvenez-vous de ce que George nous a dit.

ÉDOUARD, *à Adolphe.*

Il semble que vous craignez d'approcher.

ARMAND, *au même.*

Vous ne paraissez pas à votre aise.

M. CLIFFORT, *au même.*

Vous sentez-vous indisposé, monsieur?

ADOLPHE.

En effet, monsieur, j'éprouve de grandes douleurs de tête, et je vous demanderai la permission de me retirer.

CHARLES.

Reste donc; une petite distraction te fera bien. Voici un jeune garçon qui t'amusera. Vois comme il a l'air rusé en te regardant.

ÉDOUARD.

Ce sont de vos voisins, Adolphe; ils demeurent près Bradfort. Ne leur demandez-vous pas des nouvelles de votre illustre famille?

ADOLPHE, *bas à Edouard et à Charles.*

Croyez-vous que je m'abaisserai à parler à cette sorte de gens? ne voyez-vous pas qu'ils sont de la dernière classe?

SIMPSON.

Venez, mon garçon, retirons-nous; ce n'est pas notre place ici.

ADOLPHE, *à part.*

Je suis sur les épines.

PETIT DICK, *bas à son oncle.*

Puis-je donc m'en retourner sans embrasser mon frère ?

SIMPSON, *bas.*

Tu vois bien qu'il ne daigne pas même nous regarder, qu'il nous méprise. *Haut à petit Dick :* Venez, mon garçon.

PETIT DICK.

Eh bien! messieurs, qui veut acheter mes crayons et mes plumes?

SIMPSON.

Qu'avez-vous donc fait ici tout le temps?...

M. CLIFFORT.

Ce n'est pas sa faute, je vous assure; c'est la nôtre. Armand, choisis quelques bottes de crayons et une demi-douzaine de plumes. *Armand et petit Dick vont à une table.*

SCÈNE XIV

M. CLIFFORT, CHARLES, ÉDOUARD, ARMAND, PETIT DICK, PIERRE, SIMPSON, ADOLPHE, *un Laquais entrant.*

LE LAQUAIS.

Monsieur, voici une lettre qu'un homme vient d'apporter du collége d'Eton. *Il se retire.*

CHARLES.

C'est sans doute de notre cousin le professeur. Qu'a-t il de nouveau à nous apprendre?

ÉDOUARD.

Pourvu qu'il ne nous rappelle pas avant la fin des vacances. Pour tout le reste, je m'en soucie fort peu.

M. CLIFFORT.

Cette lettre vous concerne, Adolphe ; veuillez en écouter la lecture. *Il lit :*

« Cher cousin, je vous prie d'avoir la bonté de
» permettre à Adolphe de rester avec vous jusqu'à
» ce que nous nous soyons entendus avec sa fa-
» mille; un événement inattendu empêche son re-
» tour au collége. Le comte de Duncastre, qui paie
» pour son éducation, est mort sans avoir pourvu à
» sa pension. »

SIMPSON, *à part.*

Qu'entends-je?

PETIT DICK, *à part.*

Je crois qu'ils disent que Monseigneur est mort.

M. CLIFFORT, *lisant.*

« Les héritiers de sa seigneurie ne se proposent
» pas de continuer à payer pour lui ; si la famille
» du jeune homme, qui est supposée pauvre et
» d'une basse condition.... »

ÉDOUARD.

Ho ! ho !

ADOLPHE, *à part.*

Quel affreux malheur !

M. CLIFFORT, *continuant.*

« est incapable de venir à son secours, le collége
» ne peut le garder plus longtemps.

» Je suis, etc. »

ADOLPHE, *sanglotant.*

Hélas ! quel affreux malheur !

SIMPSON.

Je plains réellement le pauvre garçon : regarde
donc par ici maintenant, George, ton rôle de gentilhomme est fini.

ÉDOUARD.

Que dit-il?

SIMPSON, *à Adolphe.*

En dépit de ce que vous m'ayez méconnu, mon
neveu, votre malheur et votre humiliation me font

sentir que je suis votre oncle. Venez avec moi,
vous m'aiderez à porter mes marchandises, et si
vous vous conduisez bien, je me chargerai pendant
quelques années de votre nourriture et de votre
habillement. *Il sort avec Adolphe qui pleure et se
cache la figure.*

LE

PRIX DE SAGESSE

PERSONNAGES :

LE MAITRE.

ALFRED,
GABRIEL,
FERNAND,
DAVID,
ROBERT,
HUBERT,   } élèves.
ALEXANDRE,
CÉSAR,
ADOLPHE,
LOUIS,
ÉTIENNE,

LE

PRIX DE SAGESSE

LE MAÎTRE.

Oui, mes amis, je veux donner aujourd'hui
un prix de sagesse. Voyons! quels seront nos can-
didats? *Après une pause :* Eh bien! personne ne se
présente! voilà qui fait honneur à votre modestie
et qui me prouve qu'il y a parmi vous plus d'un
sage. J'insiste donc. Oui, mes amis, je veux donner à l'un de vous un prix de sagesse, et vous
m'aiderez vous-mêmes à le décerner. Ecoutez bien.
Celui d'entre vous qui nous indiquera le moyen
le plus propre à décider les jeunes gens à bien
faire, aura ce prix; vous serez les juges, et je
serai votre président.

ALFRED, GABRIEL, FERNAND, DAVID, ROBERT,
HUBERT *ensemble.*

Je demande la parole.

ADOLPHE.

Vous ne pouvez parler, tous à la fois.

FERNAND.

Parce que nous sommes les plus petits, on veut déjà nous tyranniser ; vous verrez que nous ne pourrons rien dire.

LE MAÎTRE.

Ce n'est point là mon intention ni celle de vos condisciples.

ÉTIENNE.

Bien mieux, je demande que le plus jeune parle le premier ; pour moi, je lui cède mon tour.

LOUIS.

Je lui cède le mien.

ADOLPHE.

Je lui cède le mien.

ROBERT.

Alfred commencera donc.

CÉSAR.

Ensuite, ce sera Gabriel ; puis Fernand, David, Robert, Hubert, et vous, Alexandre. Si l'on veut, je parlerai après. — Les sages formeront l'arrière-garde.

ALFRED, *à part.*

Ils seront bien attrapés ; mon moyen va leur fermer la bouche à tous, et ils n'auront plus rien à dire.

LE MAÎTRE.

Parlez, Alfred, nous vous écoutons.

TOUS.

Nous vous écoutons.

ALFRED, *toussant.*

Hum ! hum !

ROBERT.

Un fauteuil à monsieur l'orateur.

ALFRED.

Je n'ai pas besoin de fauteuil. Vous me faites pérdre le fil de mes idées. *Toussant* : Hum ! hum ! m'y voici. On veut, dit-on, connaître les moyens de nous décider à bien travailler. Ils sont bien simples, je vous l'assure. D'abord, je supprime le pain sec. Car, je le soutiens, le pain sec est absurde. Comme cela vous donne du cœur au ventre, le pain sec !... Je supprime aussi la soupe aux herbes, la salade...

GABRIEL, FERNAND, DAVID, ROBERT.

Bravo !

ALFRED.

Mon principe est qu'on n'attrape pas les mouches avec du vinaigre.

On mangera tous les jours du gâteau. Ceux qui sauront leurs leçons par cœur auront de la pâtisserie. Ceux qui écriront bien leurs devoirs auront des fruits confits. Le premier aura une tarte à la frangipane. Eh bien, messieurs, qu'en pensez-vous ?

ALEXANDRE.

Je pense, mon cher Alfred, qu'au lieu de vous confier à un maître de pension, on aurait dû vous placer chez un maître pâtissier.

ADOLPHE.

Effectivement, le meilleur maître serait celui qui ferait le mieux le gâteau, la pâtisserie et la tarte à la frangipane.

ÉTIENNE.

On commandera pour Alfred des porte-plumes en sucre d'orge.

FERNAND.

On pourrait lui faire de l'encre avec de la tablette noire.

DAVID.

Je propose qu'on lui décerne une grande médaille d'honneur en pain-d'épice.

HUBERT.

Et un brevet d'invention, pour son moyen, sur papier chocolat.

ALFRED.

Ce sont là des plaisanteries, mais on ne me fait pas d'objections. Je soutiens encore une fois que...

LOUIS.

On dresse parfaitement ainsi les perroquets et les chiens caniches.

ALFRED.

Je soutiens, vous dis-je, que....

CÉSAR.

Les enfants qui reçoivent de leurs parents des gâteaux et des confitures, sont les plus paresseux de la pension.

ALFRED.

Paresseux vous-même ! *Il pleure.* Je soutiens...

LE MAÎTRE.

Quelqu'un donne-t-il sa voix à Alfred ?

ADOLPHE.

Il n'aura pas la mienne.

LOUIS, ÉTIENNE, CÉSAR, ALEXANDRE, HUBERT, ROBERT, DAVID, FERNAND, GABRIEL, *l'un après l'autre.*

Ni la mienne.

ALFRED.

Ils sont tous contre moi. Si pourtant on leur donnait une bonne tarte à la frangipane, ils ne se feraient pas prier.

LE MAÎTRE.

A votre tour, Gabriel.

GABRIEL, *à part.*

Il n'y aura qu'une voix sur mon moyen. *Haut:* Je conviens que guérir la paresse par la gourmandise, c'est opposer un vice à un autre, et que s'il n'y a pas guérison, c'est créer deux maladies au lieu d'une. Je repousse donc le moyen d'Alfred, qui m'avait d'abord séduit. Voici, je crois, quelque chose de mieux et qui méritera tous vos suffrages.

Un grand vice m'a frappé, messieurs, dans les études actuelles; ce vice, je n'hésite pas à le dire, est la cause de tout le mal. Pourquoi, me suis-je demandé bien des fois, les devoirs ne sont-ils pas terminés? pourquoi les leçons ne sont-elles pas sues exactement? Pour une raison toute simple: il y a trop à faire.

FERNAND.

Très-bien!

GABRIEL.

C'est une encyclopédie, une tour de Babel que

les études modernes : les lettres, les sciences, les langues mortes, les langues vivantes, le dessin...

FERNAND.

Parfait !

GABRIEL.

Et puis, un pauvre enfant est atteint d'une fièvre cérébrale ; il peut alors étudier les langues mortes tout à son aise.

ALFRED.

La fièvre cérébrale ! c'est ce que le médecin dit toujours à maman. La fièvre cérébrale ! je suis menacé de la fièvre cérébrale. Aussi, quand je ne puis achever mon devoir, maman me donne un bon billet pour avertir mon professeur.

GABRIEL.

Pourquoi la fin des classes et des études laisse-t-elle toujours à désirer ? C'est que les classes et les études sont trop longues.

HUBERT, ROBERT, FERNAND, DAVID, ALFRED.

C'est vrai.

GABRIEL.

Je donne donc des devoirs la moitié moins longs.

HUBERT, ROBERT, FERNAND, DAVID, ALFRED.

Et ils seront mieux écrits.

GABRIEL.

‹ Je donne des leçons la moitié moins longues.

HUBERT, ROBERT, FERNAND, DAVID, ALFRED.

Et elles seront mieux sues.

GABRIEL.

Je supprime la leçon de grammaire. A quoi nous sert de connaître le substantif et l'adjectif, et la conjonction et l'interjection? Quand je dis à ma bonne de venir me chercher de bonne heure, ai-je besoin de lui analyser cette phrase et de lui en faire compter les propositions? Quand papa dit à notre cocher : Jacques, mettez les chevaux à la voiture; Jacques demande-t-il si le sujet est simple ou composé? Tout cela fait perdre du temps et met les écoliers en faute.

HUBERT, ROBERT, FERNAND, DAVID, ALFRED.

Gabriel a raison.

GABRIEL.

Je supprime l'étude des langues mortes. En puis je, moi, si elles se sont laissées mourir? et doit-on me forcer à les ressusciter? Ceux qui sont morts, sont morts. Laissons-les en repos, et que les morts ne troublent pas la paix des vivants? N'êtes-vous pas de mon avis, vous autres?

ROBERT.

Voilà qui est aussi bien dit que sagement pensé.

GABRIEL.

Je supprime la leçon d'histoire. A quoi bon

savoir ce qui est passé ? Je ne demande jamais ce que j'ai fait la veille, et je ne m'inquiète que de ce que je ferai demain. Mais regarder 3000 ans derrière soi ! Si l'on veut me faire un journal de tout ce qui doit avoir lieu, j'y prends un abonnement. Qu'on ne me demande rien de plus ! Et vous, êtes-vous pour l'histoire ?

ALFRED.

Moi, je suis pour l'histoire de Robinson.

GABRIEL.

Je supprime la leçon de géographie. Je suis allé cette année à Paris avec maman ; nous n'avions avec nous ni globe terrestre ni mappemonde, et le postillon ne s'est pas égaré le moins du monde. Oh ! l'on découvre bien des abus en voyageant. Les chemins de fer, d'ailleurs, vont tuer la géographie. On vous met une voiture sur des rainures en fer, et puis, crac... Un clocher, deux clochers, trois clochers, allez donc vous orienter !

HUBERT, ROBERT, FERNAND, DAVID, ALFRED.

C'est vrai.

GABRIEL.

Je supprime...

ROBERT.

La géométrie.

18

HUBERT.

L'arithmétique.

ALFRED.

La mythologie.

ADOLPHE, *ironiquement.*

Toutes les leçons.

ÉTIENNE.

On apprendra donc la moitié de...

FERNAND.

Je n'en suis plus.

DAVID.

Ni moi.

GABRIEL.

Jamais d'écoliers en faute ! Le maître, les élèves,
tout le monde eet de bonne humeur. La classe
devient un paradis.

ÉTIENNE.

Il n'y a plus de paradis sur terre, mon cher
Gabriel ; l'homme est né pour travailler, comme
l'oiseau pour voler ; celui qui ne travaille point
ne mérite pas de manger. Combien de jeunes
gens de votre âge travaillent déjà à la sueur de
leur corps, dès le point du jour, et jusqu'après
votre coucher ! Pensez-vous être d'une autre nature ?

ADOLPHE.

Quand est-ce que les leçons ne sont pas sues ?

TOUS, *excepté Gabriel.*

C'est après un jour de congé.

LOUIS.

Quand est-ce que les devoirs ne sont pas faits ?

TOUS, *excepté Gabriel.*

C'est après un jour de congé.

CÉSAR.

Quand est-ce que les classes et les études sont moins tranquilles ?

TOUS, *excepté Gabriel.*

C'est la veille d'un jour de congé.

DAVID.

Quel est l'élève auquel les parents accordent le plus de congés ?

TOUS, *excepté Gabriel.*

C'est Gabriel.

FERNAND.

Quel est l'élève qui sait le moins bien ses leçons ?

TOUS, *excepté Gabriel.*

C'est Gabriel.

ALEXANDRE.

Qui écrit le moins bien ses devoirs ?

TOUS, *excepté Gabriel.*

C'est Gabriel.

GABRIEL.

Cela ne prouve pas contre mon système. Un grand vice, messieurs...

LE MAÎTRE.

Qui donne sa voix à Gabriel?

DAVID.

Ce ne sera pas moi.

ROBERT, HUBERT, ALEXANDRE, CÉSAR, ADOLPHE, LOUIS, ÉTIENNE, ALFRED, *l'un après l'autre.*

Ni moi.

FERNAND.

Ni moi, et cependant je pars du même principe que lui. Oui, messieurs, je le répète avec Gabriel : « Les élèves ont trop à faire ; c'est une encyclopédie, c'est une tour de Babel que les études modernes : les lettres, les sciences, les langues mortes, les langues vivantes, le dessin... »

Mais ici, le remède?

Ici nous nous séparons. Je ne veux pas, comme Gabriel, tout abréger, tout supprimer.

GABRIEL.

Nous verrons un peu, Fernand, comment tu te tireras d'affaires !

FERNAND.

Nous sommes nés pour travailler : ce n'est que la moitié de la vérité. Nous sommes nés pour tra-

vailler l'un à une chose, l'autre à une autre.
La preuve, c'est que nous avons chacun des dispositions différentes. Adolphe a la bosse du dessin ;
David, de la musique ; Louis aime l'histoire ;
Etienne, la grammaire. Pourquoi ne pas suivre
la nature, et ne pas appliquer chacun à l'étude qui
lui convient ? tout en irait bien mieux.

ALFRED.

C'est ce qu'on devrait faire aussi à table. Au
lieu de servir les mêmes mets pour tous, traitez
donc chacun à part selon son goût. En fait de
pain, qu'on ne me donne que du pain perdu.

FERNAND.

Encore ! Il s'agit bien de cela ! Je parle de la
classe, et je dis que moi, par exemple, qui aime
le calcul, je voudrais ne faire que des chiffres. Car
à quoi me servent Lafontaine et Télémaque, l'histoire et la géographie ? En saurai-je mieux ma table
de Pythagore quand j'aurai la mémoire chargée de
noms de plantes et d'animaux, de Grecs et de
Troyens ? Et quel rapport y a-t-il entre le système
métrique et la Californie ou le Japon ? Je vais
donc perdre (et je ne suis pas le seul) les trois
quarts de mon temps à m'ennuyer, à me faire punir, à mal apprendre une foule de choses qui me
sont inutiles. Tandis que si l'on me mettait à mon

étude favorite, toujours du plaisir, toujours de l'ardeur, jamais de découragement, jamais de pensums.
Chaque élève trouve facilement sa route dans ce
labyrinthe jusqu'alors inextricable des études.

ALEXANDRE.

Aucun chemin de fleurs ne conduit....

FERNAND.

Et pourquoi pas? Ainsi personne....

DAVID.

Un moment, mon cher Fernand. Du reste, je ne
prends la parole que pour me mettre de ton côté.

FERNAND.

Très-bien, David. Mais le mérite de l'invention
est à moi.

DAVID.

Cela va sans dire. Messieurs, j'aime la musique,
vous le savez, et je crois y trouver une excellente
raison pour être d'accord avec Fernand.

Répondez-moi, je vous prie. Un maître de musique fait-il jouer de tous les instruments à chacun
de ses élèves?

TOUS.

Jamais.

FERNAND.

Ce serait le moyen de les mal savoir tous.

DAVID.

Pourquoi donc en classe faire apprendre de tous les instruments scientifiques à tous les élèves?

Que fait cependant le maître de musique? Il donne à chacun son instrument, sa méthode, sa leçon à part. Et de tout cela il arrive à former un orchestre où chacun joue une partie différente. Le violon n'a pas besoin de savoir celle de la trompette, et il n'en possède que mieux la sienne.

Eh bien! qu'on fasse en classe comme à l'orchestre : chacun sa partie, rien que sa partie! Comme l'a très-bien dit ce cher Lafontaine que nous sommes tous obligés d'étudier, comme si nous devions être autant de fabulistes :

> Le trop d'expédient peut gâter une affaire :
> On perd du temps, on tente, on veut tout faire.
> N'en ayons qu'un, mais qu'il soit bon !

ÉTIENNE.

Halte-là! tu donnes des armes contre toi-même. Lafontaine, à ce qu'il paraît, est utile à d'autres qu'aux fabulistes.

LE MAÎTRE.

Eh! mes amis, il en est de même du reste. Toutes les sciences se tiennent et se complètent. Comment! l'arithméticien ne serait pas tenu de

savoir parler français, ni le jeune poëte de connaître les temps, les lieux, les hommes qu'il doit
chanter? Le futur négociant se bornerait à Barême
et à la correspondance? Tout le mérite du musicien
serait au bout de ses doigts ou sur ses lèvres? S'il
fallait vous élever ainsi¹, l'école vous préparerait
bien mal à la vie. Vous ne seriez pas des hommes ;
vous ressembleriez aux serins, aux rossignols, aux
fauvettes, aux hiboux, aux corbeaux, à Bertrand,
à Raton, que sais-je? car vous n'auriez, comme ces
intéressants animaux, qu'un talent à votre service.
Mais l'homme n'est pas, comme eux, condamné à
jouer nécessairement un certain rôle. Il est le roi
de la nature; il est destiné à vivre dans la société
de ses semblables, à respirer le même air, à jouir
de la même lumière, à aimer la même patrie, le
même Dieu. Pourquoi les esprits seraient-ils sans
lien, sans cohésion, quand l'union et l'harmonie
font la force, la beauté, le charme de tout le reste?

La société ne serait pas possible si les hommes
n'avaient pas un fonds commun de vérités et de connaissances. Votre orchestre, David, ne serait qu'un
grand charivari, si les musiciens n'avaient commencé
par étudier tous la même chose : les mêmes signes,
les mêmes notes, les mêmes mesures, les mêmes
principes.

DAVID.

C'est vrai.

ADOLPHE.

Et si chacun apprenait ce qu'il lui plaît, la belle classe ! quel chaos ! quelle confusion !

ALEXANDRE.

C'est pour le coup qu'on pourrait parler de Babel !

CÉSAR.

Et comptez-vous pour rien l'ennui de faire toujours la même chose ?

LOUIS.

Et l'embarras, à notre âge, de discerner ce à quoi on est spécialement destiné ?

ALFRED, GABRIEL.

Battus, les alliés !

ROBERT.

C'est mon tour, je crois. On me l'a laissé belle. Ceux qui doivent parler après moi n'auront pas à faire grands frais d'éloquence. Eh quoi ! messieurs, vous ne voyez pas où est le mal ? Je vais vous mettre, moi, le doigt sur la plaie. Je ne dirai pas, comme Gabriel : Moins de leçons, moins de devoirs. Oh ! moi, j'aime le travail ; et justement parce que je l'aime, je ne veux pas y être contraint. C'était bon autrefois ; mais au temps où nous sommes, au dix-neuvième siècle, imposer telle besogne, condamner à des tâches de punition, retenir, détenir de jeunes hommes pleins de bonne volonté, voilà qui n'est plus tolérable !... Et si je veux, moi, faire le double du travail que vous m'imposez ? Je proclame donc la liberté. Je délie les chaînes qui retenaient captifs tant d'esprits généreux. Une ère nouvelle commence pour la jeunesse studieuse. Quel bonheur, quelle gloire de travailler librement ! Qu'étaient sous le régime de la contrainte les premiers de nos classes ? des âmes timides qui n'osaient braver les punitions, des esclaves couronnés ! Comme tout cela va changer ! Je veux pour mon compte avancer de dix places à la prochaine composition.

ADOLPHE.

Saute au moins de trente, si tu veux être le premier.

ROBERT.

Que pense-t-on de mon système ?

LOUIS.

Il pourrait être bon avec d'autres élèves que toi.

ÉTIENNE.

Ne voyez-vous pas, Robert, que cette contrainte dont vous parlez est tout à fait chimérique ? On pourrait même dire que les élèves se punissent eux-mêmes volontairement, puisque ceux qui veulent

n'être pas punis, en travaillant en conséquence,
ne le sont jamais ; je ne vois d'esclaves ici que des
esclaves volontaires.

ROBERT.

Il est bon enfant, Etienne. On se punit soi-même ;
voilà qui est merveilleusement dit. On se punit soi-
même ! Comment, tu oses prétendre que je me
donne à copier 10, 15, 20, 30 pages, que je me
mets en retenue, que je me prive de sortir ?

ÉTIENNE.

Certainement.

ROBERT.

Quand mon maître me dit : « Robert, vous copie-
rez les deux premiers livres de Télémaque ; » c'est
moi qui me dis.... oh ! c'est trop fort.

ÉTIENNE.

Avant la parole du maître, la veille, pendant
l'étude, Robert s'était dit à lui-même : Ce thème
ne sera pas fait. Le matin, à l'étude, Robert s'était
dit : Cette leçon ne sera pas sue. Quand il est entré
en classe, Robert a dû se dire : Un livre pour le
devoir, un livre pour la leçon....

FERNAND.

Total, deux livres.

LE MAÎTRE.

Etienne a raison, mon cher Robert. Celui qui a

une volonté forte se rit de ces barrières, qui ne vous épouvantent que parce que vous ne savez pas les franchir. Si quelqu'un avait à se plaindre de ce travail imposé dont vous parlez, ce seraient les bons élèves, qui effectivement travailleraient plus encore s'ils étaient en liberté; mais il y a toujours moyen pour eux d'employer utilement leur bonne volonté par la méditation et l'application.

ROBERT.

Ne pourrait-on pas, au lieu de nous punir, nous adresser des remontrances et des exhortations?

LE MAÎTRE.

Sans doute, et on le fait très-souvent; mais, en admettant que le temps le permît toujours, seriez-vous aise d'essuyer des remontrances et des admonestations continuelles?

ALFRED.

Oh! moi, je n'aime pas les remontrances; j'aime mieux être puni une heure que grondé toute la journée.

ROBERT.

Et quand mon professeur se trompe et qu'il me punit pour mon voisin?

LOUIS.

Il faut supporter la chose en bon camarade.

LE MAÎTRE.

Et songer que quelquefois le voisin est puni pour
vous. Levez la main, les partisans du système de
Robert ! *Gabriel seul lève la main.*

ROBERT.

Je vois bien que vous n'êtes pas mûrs pour la
liberté, que vous n'en êtes pas dignes.

LE MAÎTRE.

Ceux qui en sont dignes l'ont et ne demandent
rien. A vous, Hubert ?

HUBERT.

Je vous préviens d'abord que mon moyen est infaillible, que j'en ai fait moi-même l'expérience,
et que j'en garantis le succès. Quel est le système
actuel ? Remontrances, tâches de punition, privation de récréation : système inefficace, incomplet et
contraire à l'hygiène, comme dit le docteur. En
effet, les remontrances sont à peine écoutées, les
pensums gâtent la main, les retenues privent de récréation et nuisent à la santé, et, comme je l'ai
dit, tout cet appareil est insuffisant. Je compare un
professeur à une frégate attaquée par des forbans ;
s'il nous lâche toute sa bordée, remontrances,
pensums, retenues, le voilà désarmé ; il a usé
toute sa poudre. Oh ! si j'étais maître, cela ne se
passerait pas ainsi. Un élève manque à la leçon ;

dix bons coups de règle sur les ongles. Il manque
à ses devoirs; dix autres coups. Il trouble l'ordre;
dix coups encore. On comprend que la règle est in-
fatigable et toujours à son poste. C'est ainsi que je
conduis mes petits frères et mes petits cousins,
quand je retourne à la maison. Je me fais leur capitaine : En avant ! marche ! Celui qui se dérange,
un coup de baguette. Nous nous amusons parfaitement.

ALEXANDRE.

Je ne te conseillerais pas de me toucher, capitaine.

ALFRED.

Tu donnes-là de belles idées à notre maître.

HUBERT.

Ne vois-tu pas que je supprime les remontrances,
les pensums, les retenues? et puis , 10, 20 , 30,
cela apprendrait joliment l'arithmétique. Que pensez-vous, messieurs, de mon procédé? voilà qui
est complet , au moins, infaillible et économique.

ADOLPHE.

Ce pourrait être bon pour les enfants; mais pour
nous.

GABRIEL.

Pour les enfants !

ÉTIENNE.

Je crois, mes amis, que ce qui n'est pas bon pour les uns, n'est pas bon pour les autres ; car où s'arrêter ? et puis, tel est enfant jusqu'à 15 ans et recevrait la férule; tel autre a du cœur à 12 ans et ne saurait être châtié ainsi. Un mot, un regard lui suffit.

CÉSAR.

Il y a là quelque chose qui dégrade et qui endurcit.

ROBERT.

Les ânes seuls se laissent conduire à coups de bâton.

LE MAÎTRE.

Ainsi le système d'Hubert est...

TOUS.

Détestable.

ALEXANDRE.

Détestable ! détestable ! Bon signe pour le mien, qui est justement tout l'opposé ! Oui, messieurs, je m'en flatte : mon système est aussi propre à nous faire sentir et à satisfaire notre dignité, que celui d'Hubert à la blesser et à l'étouffer.

L'honneur ! voilà ma devise. Mauvais soldats, mauvais écoliers, ceux qui ne connaissent que le bâton ! La douceur du triomphe, l'amertume de la défaite, voilà...

ALFRED.

C'était bien la peine d'être le premier à te moquer de moi, à propos de la douceur du sucre
d'orge et de l'amertume de la salade !

ALEXANDRE.

Avec l'honneur, l'écolier, comme le soldat, va
toujours eu avant.

N'avons-nous pas, nous aussi, nos victoires,
nos lauriers, notre avancement ? Chaque jour la
classe est le champ de bataille ; tout le monde est
aux prises ; le maître donne le signal et est le juge
du combat.

CÉSAR.

Maintenant encore.

ALEXANDRE.

Voilà ce que les élèves peuvent bien sentir, bien
comprendre, bien pratiquer. Qu'ils voient partout
lutte, assaut, résistance, mêlée, coups de feu,
places à emporter, et qu'ils agissent en conséquence ! D'ailleurs...

DAVID.

C'est comme quand nous jouons au soldat dans
la cour. On dirait que c'est pour rire. En attendant,
on se donne de bons coups de poing.

ALEXANDRE.

D'ailleurs, la partie est égale. Ce n'est point la

force du bras, la naissance, la richesse qui l'em-
portent. Nos armes sont au dedans de nous-
mêmes.

Eh! peut-on avoir du cœur et ne pas se dire :
Je ne veux pas avoir le dessous! Battu hier, je
triompherai aujourd'hui. Demain je conserverai
l'avantage. Je veux au moins dépasser celui-ci,
terrasser celui-là! Remplisse qui voudra le rôle du
lièvre de Lafontaine, qui n'est bon qu'à servir de
courrier. Pour moi, je veux être...

GABRIEL.

Un second Alexandre, l'Attila, le fléau...

ADOLPHE.

Comme tu nous traites! Nous voilà partagés en
deux camps! Faut-il donc tant de passion et d'a-
charnement pour remplir nos devoirs? On dirait
que nous allons tous mettre flamberge au vent!

FERNAND.

Si je ne te connaissais bon camarade...

LOUIS.

N'y a-t-il pas à craindre qu'avec cette idée fixe
de rivalité, on ne devienne jaloux des vainqueurs..

ROBERT.

Dur et dédaigneux envers les vaincus?

HUBERT.

Comme Sésostris dans Télémaque?

ÉTIENNE.

Et tout glorieux de ses petits succès ?

ALEXANDRE.

Ce ne sera toujours pas de celui d'aujourd'hui.
Car je vous vois tous contre moi.

CÉSAR.

Tu te trompes, mon cher ami. César et sa fortune, et l'histoire, sont pour toi.

Pouvons-nous oublier, messieurs, que c'est à
l'émulation que Rome et Athènes doivent tant de
grands hommes ?

LOUIS.

Et tant de jalousies, de querelles, d'ambitions
effrénées, de guerres civiles ?

CÉSAR.

Ce Thémistocle, que les trophées de Miltiade em-
pêchaient de dormir...

ALFRED.

Bon ! voilà des trophées qu'on devrait faire
peindre sur les murs du dortoir pour nous réveiller
plus facilement le matin.

CÉSAR.

Thémistocle, dis-je, a sauvé la Grèce en vou-
lant surpasser son rival.

ROBERT.

Et pour se débarrasser d'un autre , d'Aristide le
Juste, il l'a fait exiler.

CÉSAR.

Qu'est-ce qu'un fait particulier ? Je vous dis que
l'émulation était partout , qu'elle était l'âme de
tout. Dans les jeux , dans les courses , dans les
luttes des athlètes , dans les concours de poésie,
entre les hommes d'état , entre les républiques ,
de quoi s'agissait-il , si ce n'est de la gloire !

ADOLPHE.

Et Eschyle, le père de la tragédie, vaincu par
Sophocle, allait mourir de chagrin en Sicile !

LOUIS.

Et les envieux de Phidias et de Socrate les je-
taient en prison et leur ôtaient la vie !

ÉTIENNE.

Et les hommes d'état , et les républiques se dé-
chiraient sans cesse ! Beaux résultats, vraiment ,
de la soif des louanges et du désir de se satisfaire
soi-même.

CÉSAR.

Après tout, la Grèce... Mais Rome !

HUBERT.

Oui... César !

CÉSAR.

Soit. N'est-ce pas l'émulation qui l'a formé, lui qui pleurait de n'avoir encore rien fait à l'âge où Alexandre avait pris mainte ville et maint royaume ?

ADOLPHE.

Et pour avoir l'honneur de surpasser son modèle, il a fait la guerre à tout le monde, même à sa patrie !

DAVID.

C'est bien laid, cet honneur-là !

LE MAÎTRE.

Nous voilà un peu loin du prix de sagesse. L'émulation vous ferait discuter jusqu'à demain. Du reste, il y a quelque chose de bon dans ce système : c'est que nous devons combattre. Mais qui ? nous-mêmes. Sur ce terrain-là, on a toujours quelque chose à faire ; mais si l'on se mesure avec les autres, qu'arrivera-t-il ? ou bien ils seront trop forts, et l'on tombera dans le découragement ; — ou bien ils seront trop faibles, et n'ayant pas besoin de toutes ses armes pour les vaincre, on se contentera d'un demi-travail, d'une demi-vertu.

CÉSAR.

Nous verrons qui sera plus malin. Nous voici aux rois sages.

LE MAÎTRE.

Parlez, Adolphe.

ADOLPHE.

Pour savoir comment l'homme doit être conduit, il faut en étudier d'abord la nature. L'homme est une créature raisonnable. Parlez donc à sa raison ; faites penser de bonne heure les enfants à l'état qu'ils doivent embrasser ; démontrez-leur que , sans l'éducation, on ne parvient à rien. S'ils n'ont point de fortune, faites-leur sentir la nécessité de se créer un sort, de s'assurer un avenir. Si leurs parents sont dans l'opulence, représentez-leur les vicissitudes humaines, l'importance d'être quelque chose par soi-même. Que tous les élèves sachent ce que rapporte telle ou telle étude , où elle conduit ; qu'on leur mette devant les yeux les exemples de ceux qui, par tel ou tel chemin, sont arrivés à la gloire ou à la fortune. Permettez-moi, messieurs, de citer un fait à l'appui de mon système. Je ne dis pas cela pour me glorifier ; mais enfin j'ai obtenu quelques succès, et, s'il faut le déclarer, je les dois à un plan que je me suis tracé moi-même. Je me suis assigné un but, et pour y atteindre , j'y marche continuellement. Je promets de renverser tous les obstacles. Que chacun fasse de même.

ALFRED.

Voilà qui est certainement bien conçu. C'est ce que maman me dit toujours : « Surtout, Alfred, soyez raisonnable ! »

ALEXANDRE.

Et Alfred en est-il plus sage ?

HUBERT.

Cependant il faut convenir qu'Adolphe, avec son moyen, fait de bonnes études.

LE MAÎTRE.

La raison, effectivement, peut avoir de l'empire sur l'homme ; mais il faut bien le reconnaître : non-seulement peu d'enfants, mais même peu d'hommes marchent à sa voix. Ainsi, voyez dans le monde, les dures leçons de la nécessité ne peuvent même former certains hommes. Comment donc la raison suffira-t-elle pour déterminer au travail de jeunes enfants persuadés de la tendresse de leurs parents et sûrs de l'aisance du lendemain ? Je ferai un autre reproche à ce système. En cherchant en lui seul son point d'appui, l'homme peut se faire illusion sur ses forces, et souvent il devient orgueilleux. J'ai connu des écoliers très-raisonnables, qui étaient fort peu attachés à leurs maîtres parce qu'ils croyaient tout se devoir à eux-mêmes, qui étaient peu indulgents envers leurs camarades , qui étaient enfin peu aimants, peu aimables et peu aimés , ce qui est quelque chose dans la vie.

GABRIEL.

Je ne suis pas pour ce système.

ALFRED , FERNAND , DAVID , ROBERT , HUBERT , ALEXANDRE ; CÉSAR , LOUIS , ÉTIENNE , *l'un après l'autre.*

Ni moi.

HUBERT.

La raison est culbutée.

LE MAÎTRE.

Louis va nous dire maintenant son opinion.

LOUIS.

Je rends hommage à la raison ; mais comme l'a démontré notre cher maître , elle ne suffit pas. Il y a même en nous quelque chose de plus fort qu'elle. Combien de choses , en effet , on se décide à faire pour d'autres , qu'on ne ferait pas pour soi-même ! Cherchons donc un mobile plus puissant et plus noble que notre propre intérêt ; ce mobile , mes amis , il est dans le cœur de chacun de nous. Que ne ferait-on pas , je vous le demande, pour un père, pour une mère ? Quelle pensée plus capable de nous soutenir dans les rudes épreuves du travail, que celle de la satis-

faction que nous pouvons donner à nos parents ?
Quelle joie si , à la fin de la semaine, on a obtenu
un bulletin de contentement ! si l'on peut s'écrier
de loin : Je suis le premier ! Et puis arrive le
jour de la distribution des prix. Les noms sont
proclamés ; les couronnes sont sur la tête des
vainqueurs ; les fanfares se font entendre , les
applaudissements éclatent ; les larmes sont dans
les yeux de toutes les mères : vous courez à la
vôtre , vous déposez sur ses genoux vos prix et
vos couronnes ; elle vous presse dans ses bras !
Qui reculerait devant un si beau triomphe ? qui
refuserait à sa mère de si douces émotions ?

TOUS.

Bravo ! bravo!

ALFRED.

Le jour de la distribution des prix , moi , j'ai
toujours un grand courage, et quand je pense à
ma chère maman, qui n'entend pas proclamer mon
nom, je ne puis m'empêcher de pleurer.

GABRIEL.

C'est vrai; si l'on pensait toujours à ses parents ,
on n'aurait plus le cœur à l'ouvrage.

DAVID.

Je crois que la palme doit être décernée à
Louis.

ADOLPHE.

Ce système-là n'offre, en effet, aucun inconvénient.

HUBERT.

Il convient aux élèves les plus avancés comme
aux plus jeunes.

ROBERT.

Il sera donc inutile d'entendre ce pauvre Etienne,
qui a vraiment mal fait de nous céder la parole.

LE MAÎTRE.

Point du tout ; chacun doit avoir son tour. Je
fais compliment à Louis de ses sentiments ; mais
Etienne a peut-être aussi de bonnes choses à dire ;
vous jugerez entre eux. Parlez donc, Etienne.

FERNAND.

Comment s'y prendra-t-il ? nous avons tout
trouvé.

ÉTIENNE.

Je vous demande pardon, mes jeunes amis,
de vous tenir encore quelques instants et de vous
priver de vos jeux. J'eusse renoncé volontiers à
la parole ; et, comme vous, j'eusse donné la
palme à notre ami Louis, si je n'avais senti au
fond de mon cœur que le mobile puissant et
noble qu'on vient de proclamer n'est pas le
meilleur et le véritable. En effet, mes amis,

s'il existe un moyen de nous porter à bien faire,
il doit exister pour tous ; nul n'en peut être dé-
possédé. Or, vous le savez, je suis orphelin ;
suis-je donc privé pour cela de l'amour du bien ?
n'aurai-je pas de témoin de mes travaux ? l'orphelin n'aura-t-il à offrir à personne les prix
et les couronnes qu'il a remportés ? une mère
reçoit son enfant dans ses bras ; n'y a-t-il pas
de bras ouverts à l'orphelin ? Chacun de vous m'a
compris ; le Père suprême, le Père qui ne peut
manquer à aucun, c'est celui qui règne dans les
cieux. C'est lui qui nous a donné véritablement
la vie en nous donnant une âme immortelle.
C'est lui seul qui nous anime et nous fortifie.
Nos parents sont les témoignages de sa bonté ;
mais quand il nous les enlève, il demeure notre
éternel guide, notre éternel appui et notre éternel
consolateur. Efforçons-nous donc de plaire à ce
bon Père, travaillons en vue de sa gloire ; offrons-
lui nos prix et nos couronnes ; un jour aussi,
il nous recevra dans ses bras comme une tendre
mère, et il posera sur nos fronts une couronne
immortelle. Que ceux d'entre vous qui ont le bonheur de posséder encore leurs parents puisent dans
leur piété filiale un mobile noble et salutaire ;
mais qu'ils bénissent, avant tout, Celui qui les

leur conserve, et que tous glorifient le Père
commun, l'Auteur de tous les dons, le Principe de
toute force, le Maître de toute science!

LOUIS.

Vous m'avez vaincu, mon cher Etienne; c'est à
vous que la palme doit être décernée.

ALFRED.

Pour le coup, il n'y a rien à répondre.

LE MAÎTRE.

Quelqu'un demande-t-il à répondre?

Silence général.

Je vous décerne donc la palme, mon cher
Etienne; vous avez mérité, par vos paroles, le
prix de sagesse que vous méritiez déjà par votre
conduite; et l'amour que nous vous portons tous
dans cette maison est une preuve que Dieu, comme
vous le dites, n'abandonne jamais ses enfants. J'a-
jouterai, mes amis, quelques paroles à celles de
votre vertueux condisciple.

Quelques-uns de vous ont reconnu, avec beaucoup de justesse, que les remontrances et les
punitions ne sont pas le meilleur mobile pour
déterminer les jeunes gens à bien faire. On pourrait même y renoncer dans une éducation parti-
culière; mais partout où une société s'établit,
partout où il y a une lutte du bien et du mal,

où l'on vit sous une règle commune, l'autorité doit intervenir pour tenir le bien en honneur et le mal en discrédit, pour protéger les bons et contenir les méchants; c'est là une nécessité que vos maîtres sont forcés d'admettre et d'établir. Bien plus, si cet ordre moral n'existait pas, si la paresse, la turbulence, la rébellion avaient l'impunité, vous-mêmes vous créeriez la répression; vous-mêmes vous vous feriez justice, vous vengeriez vos études troublées et compromises et vos offenses particulières, ou plutôt vous vivriez dans une anarchie complète. Un bon élève considère une punition comme une amende honorable, comme une chose utile au bien général. Il arrive qu'après la punition subie, on est plus libre et plus joyeux que si l'on avait tout le poids de sa faute.

Le moyen parfait de vous déterminer à bien faire, ce n'est donc pas nous qui le possédons, c'est vous seuls, il est dans votre conscience, il est dans votre cœur, comme vous l'a dit Etienne. Dieu est le principe de toute lumière, de toute sagesse, de toute science; c'est à lui qu'il faut tout demander, tout offrir. Ne travaillez pas en vue des récompenses que nous vous décernons, vous tomberiez dans l'orgueil et dans

l'envie ; ne travaillez pas en crainte des punitions,
vous travailleriez comme des esclaves ; travaillez
comme de vrais enfants de Dieu, avec liberté,
droiture et simplicité, pour la gloire de votre
Père céleste, pour le bien général, pour la satisfaction de vos familles et pour votre propre
bonheur !

FIN.

TABLE

— Lille. Typ. L. Lefort. 1861. —